AGRADECIMIENTOS

Podría llenar este apartado con todas las personas que estuvieron en el proceso de escritura, el cual duró varios años, pero son muchísimas a las que tengo que agradecer su apoyo incondicional. Estas personas siempre defendieron la locura de una niña con sueños de escritora. Hoy este sueño se ha hecho realidad. Gracias por darme ideas, por corregirme y, sobre todo, por empujarme a que estos textos salieran a la luz. A mi madre que siempre me ha dado los ánimos suficientes para seguir mis sueños. A mi padre, donde quiera que esté, porque sé que está orgulloso de este logro. A mi hermana porque sin ella no hubiera llegado hasta aquí. A mi hermano por siempre tener las palabras adecuadas. A mis mejores amigas que, pese a la lejanía, han estado siempre dándome ánimos con este libro. A los lectores que llegaron en el camino y siempre dijeron que sería un best-seller. Alberto, gracias por soñar conmigo y hacer mi sueño realidad. A ti, hijo, que estoy y estaré siempre apoyando todos los sueños que vengan en tu vida. Como tu abuelo decía: si se quiere, se puede. Y a ti que me estás dando la oportunidad de llegar a tu vida a través de mis palabras.

Disfruta el viaje y cuídate de las mariposas monarcas.

PRÓLOGO

—Y... no sé, quizá... me gustaría que no te murieras — susurró ella.

—Yo tampoco quiero morir, pero si en verdad soy la cura, estoy listo —dije con un nudo en la garganta.

—Pero buscaremos otra alternativa. ¡Debe de haber alguna otra manera!

Alzó la voz, pero no demasiado para que yo no pudiera notar su preocupación.

—¡Entiéndelo, no la hay! En unos minutos entrarán por mí. Si tan solo tuviera más tiempo para...

Se escucharon los pasos de los soldados que se acercaban; sabía que estaban más cerca de lo que aparentaban, pero no estaba seguro de cuánto tiempo me quedaba. No había tiempo que perder, tenía que hacer algo, y rápido.

—Creo que ya vienen —le susurré, mirándola a los ojos.

—No permitiré que te lleven. Si sobrevivieras a esto, podríamos comenzar una revolución contra el gobierno y tal vez encontrar la cura a este desastre. —Sus ojos comenzaban a llenarse de lágrimas.

—Tal vez, pero tengo una bala en mi hombro. Si me muevo puede romper la arteria braquial y me desangraría en cuestión de minutos. Y si mi sangre es la cura para el virus, no hay otra salida, ¿me entiendes? —Tenía que sonar tranquilo, no debía preocuparse más de lo que ya estaba.

Se sentía cómo temblaba el suelo por las pisadas de los soldados que se acercaban a toda prisa. Sabía que ya estaban dentro del edificio, buscándome.

—¿Escuchaste eso?

Asintió con la cabeza. Se puso de pie, colocó su mano derecha en la parte trasera de su pantalón y sacó un arma.

—Te sacaré de aquí, cueste lo que cueste. No hagas ningún ruido, ¿de acuerdo? —me susurró mientras caminaba hacia la puerta.

Justo en el momento en el que iba a tomar la manija para abrirla, alguien del otro lado la abrió y entró al cuarto muy deprisa, volteando a ambos lados y cerrando tras de sí la puerta, dejándonos a su merced.

—¡Me voy a entregar, no dispare! —grité, poniéndome de pie.

Al momento de gritarle esto, el soldado retiró el casco que le cubría el rostro, revelando aquel rostro familiar que tanto anhelaba.

—Tranquilo, hermanito, soy yo. Todo va conforme al plan —susurró mientras se acercaba a mí.

Un sonido extraño quebró el silencio; mi hermano volteó a su cinturón y notó que su radio sonaba. Nos hizo señas con un dedo para que guardáramos silencio y contestó.

—Agente Prescott, ¿los encontró? —dijo la voz de la radio.

—Negativo, señor, el piso está despejado. Envíe al resto del equipo al último piso.

—De acuerdo, los enviaré, cambio y fuera.

Félix corrió hacia mí, nos caímos al suelo y me abrazó sin importarle absolutamente nada, como si el mundo no se estuviera acabando a nuestro alrededor; esos brazos que tanto extrañaba por fin estaban a mi alrededor. No obstante, aun con los ojos llenos de lágrimas, la mueca de seriedad predominaba en su rostro.

—¡Cuidado, lo puedes lastimar! Thomas está herido — refunfuñó ella mientras lo observaba con su mirada asesina, al acecho de mi protección, como siempre.

Separé a Félix con un empujón. Me levanté tambaleante, sacudí el polvo y desabroché la chamarra lentamente, mostrando que era un simple rasguño. Al tirarla al suelo, sonreí. Me acerqué a ella para intentar quitarle el arma de la mano. Daba un paso hacia atrás cada vez que yo me acercaba un paso más hacia ella.

—Escucha claramente, hermosa: para salir de aquí y hacer una verdadera revolución, la gente debe pensar que tú eres la cura. —Dicho esto, le toqué la mejilla para limpiar sus lágrimas mientras ella retrocedía, dejándome con la mano extendida.

Félix se sacudió el polvo de sus pantalones. Se dirigió a la puerta y exclamó:

—¡THOMAS, APRESÚRATE! ¡NO NOS QUEDA MUCHO TIEMPO!

Félix tomó su arma del cinturón y apuntó a la frente de ella. Sentí cómo mi mundo se congelaba; esto no era parte del plan, ella no debía morir. Reaccioné sin pensar y me interpuse entre el arma y ella.

—Esto no era parte del plan, hermano. Tú lo has dicho: Todo debe ser como lo habíamos planeado.
—No confundas sentimientos que no son verdaderos. Los planes cambian conforme suceden las cosas en el presente en el que estamos, no en el pasado. Así que olvídate de todo y haz lo que te diga.

Simplemente me quedé callado. Félix no era así, pero la familia es lo primero. Ella se encontraba frente a nosotros con los ojos muy abiertos y sin decir nada. Soltó todo el aire que tenía y dijo en un susurro:

—¿Me... me mentiste? ¿Y todo lo que me dijiste? Yo te salvé, ¿recuerdas? ¿Me dejarás aquí después de todo lo que he hecho por ti? Pero ¿y la cura? ¿Qué va a pasar con ella?

Sus ojos estaban llenos de lágrimas y, por su tono de voz, supe que estaba en shock, pero tenía que llevar a cabo el plan si quería seguir con vida. Sus manos comenzaron a temblar y las lágrimas comenzaron a brotar de sus ojos. Levantó su propia arma y apuntó al pecho de Félix. Me interpuse entre su arma y mi hermano. Ella, que siempre estuvo para mí, estaba dándole una vuelta de ciento ochenta grados a todo lo que teníamos planeado. Lo único que pude hacer, sin pensarlo mucho, fue saltar hacia ella para tratar de arrebatarle el arma. La empujé al suelo y tomé el arma como pude. Ella empezó a golpearme en el pecho y a rasguñarme el rostro. Yo en ningún momento le regresé algún golpe. La levanté con la fuerza que me quedaba, interponiéndose el arma entre ambos. Lo único que escuché con claridad fue el disparo; sus profundos ojos azules se comenzaron a volver grises e inertes, sin el brillo habitual que tanto me hizo sonreír.

—Te... amo..., Thomas...

Las lágrimas en mi rostro querían brotar, pero el orgullo fue más poderoso. Simplemente la abracé más fuerte y, con un nudo en la garganta, le susurré al oído:

—Yo también te amo.

Y dejé caer completamente su cuerpo en el frío suelo. Félix se acercó, golpeó mi hombro y me sonrió con orgullo.

—Era mi vida o la de ella, hermanito. Tenemos que irnos, rápido.

Me levanté del suelo y miré el cuerpo moribundo de Elena. Para evitar el silencio incómodo o que mi hermano pensara que algo estaba mal, simplemente volteé a ver el cuerpo inconsciente de ella y dije con el poco orgullo que me quedaba:

—Y... no sé, quizá... me gustaría que no te murieras.

Sus ojos se cerraron completamente. Su pecho dejó de subir y bajar. Félix volvió a sonreír con orgullo y salió rápidamente por la puerta. Me detuve un momento y la miré por última vez mientras unas pequeñas lágrimas brotaban de mis ojos. Salí cerrando la puerta a mi espalda, dejando a un lado todo lo acontecido para olvidar lo que fue de nosotros dos.

Primera
parte

Capítulo 1

Rómpete una pierna

El aroma a comida invadía todas las esquinas de mi recámara a mediados de septiembre. El festival de la mariposa estaba en todo su apogeo. Todas las familias estaban ya reunidas en Queen's Park. La buena vibra se sentía con sólo mirar la felicidad de todos los vecinos reunidos para ver la gran migración de la mariposa monarca que teníamos el gran honor de presenciar en Halton Hills. Con la música a todo volumen retumbando en mis oídos, aceleré el paso para llevar lo que faltaba de la comida que había preparado mi madre con mucho amor: una ensalada de manzana repleta de nueces.

—¡Tommy, apresúrate, todos están esperando el postre!

La más pequeña de la familia Anderson gritaba a todo pulmón por la ventana de la sala. Sólo le sonreí y aceleré aún más el paso. En cuanto puse un pie fuera de la casa, presté más atención a lo que la pequeña de seis años tenía en sus manos: una brillante y colorida mariposa monarca más grande de lo que normalmente son. Inmediatamente solté el plato de ensalada y corrí al lado de Janeth. Le espanté la mariposa y la empujé hacia el interior de la casa para lavarle las manos, teniendo cuidado de no tocar donde la mariposa se había posado. Saqué los desinfectantes y todo el jabón que encontré. Empezó a sollozar y a rogarme que la dejara ir, pero no podía hacerlo sin que estuviera completamente libre de las esporas de la mariposa. En ese momento, los padres de Janeth entraron preguntando por su hija y, al verme en el lavatrastos con la pequeña empapada, me comenzaron a gritar y a maldecir.

—¿¡Qué clase de monstruo eres tú tratando así a nuestra pequeña!? —La rabia y odio resplandecía en sus ojos.

—No recordaba que ustedes son nuevos en la comunidad y creo que no les han comentado la regla estricta de no tocar a las mariposas por nada del mundo.

—¿Crees que no lo sabemos? —exclamó enfurecida la señora Anderson—. ¿Cuál es el afán de todos aquí de ponerse como locos? No va a pasar nada, así que hazme el favor de entregarme a mi hija.

Janeth se fue corriendo a los brazos de su madre. Ésa fue la última vez que se vio a la familia completa. La pequeña enfermó gravemente y, aunque pareció ser neumonía, todos en la comunidad sabíamos que fue por la mariposa. La pequeña luchó muchísimo pero, finalmente, falleció. Los padres enfermaron a los días de enterrar a su pequeña. Iniciaron igual que la niña pero los síntomas se volvieron más fuertes, tornándose su comportamiento cada vez más agresivo. De hecho, la enfermera que los atendía salió muy mal herida por querer inyectar un tranquilizante. El último día que se les vio, el gobierno se había enterado del pequeño accidente y envió a sus mejores doctores a casa de los Anderson. Cuando los estaban intentando subir a las ambulancias por separado, pude observar cómo la ira se marcaba en sus rostros, llenos de rasguños y hematomas, los ojos increíblemente rojos y las fosas nasales llenas de sangre seca; parecían salidos de una historia de zombis, pero no estaban muertos, solamente habían perdido completamente la consciencia. No eran ellos realmente. Era el inicio de la enfermedad que acabaría con la humanidad. Y entonces me desperté de la misma pesadilla que me atormentaba desde hacía cinco años.

—Despierta, hermanito. El día más importante de tu vida está por comenzar.

Podía escuchar la voz de Félix a lo lejos con un tono de sarcasmo que me ponía de los nervios, pero no podía abrir mis párpados ni articular palabra.

—Cinco minutos más, Félix, deja de molestar —dije en palabras que, al parecer, sólo yo entendí.

Escuché cómo se cerraba la puerta. Sabía que había logrado tener un extra de tiempo para soñar de nuevo, aunque muchas veces eran las pesadillas las que me arrancaban los buenos sueños, recordando cómo había empezado todo. Pocas eran las veces que podía dormir, y otras, simplemente, me quedaba mirando el techo de mi cuarto esperando que amaneciera. Cuando estaba a punto de dormirme de nuevo, sentí mi cuerpo congelarse.

—¡Te dije que arriba...! —dijo Félix, carcajeándose al momento de vaciar un balde de agua helada en todo el cuerpo.

Cuando dejó de arrojar el agua, se volvió a reír y salió de la habitación, encendiendo la luz. Sí, mi hermano es de esas personas madrugadoras. Pero hoy madrugó más que otros días. Sabía que era ese día tan esperado. Se sentía en el aire la tensión, un ambiente tan estresante que no puedes evitar pensar en él. La hora había llegado. Retiré las cobijas empapadas de agua e intenté acomodarme el cabello alborotado; mis rizos se habían deshecho y sólo podía acomodarlos con mis dedos. No sabía si estaba con mi humor de siempre o era el modo en que me despertó mi hermano, así que, sin darle muchas vueltas al asunto, simplemente tomé el pantalón del suelo y busqué mi camiseta blanca por debajo de la cama. ¿Por qué demonios había dejado mi camiseta debajo de la cama? Al parecer mis pesadillas me hacían reaccionar de una manera extraña. Me coloqué los tenis y me abroché la chamarra. Si bien no me quejo de Vancouver, para mí Halton Hills era la ciudad perfecta para vivir. Aquí hay demasiadas personas y demasiado ruido, el cual odio.

—¡Vaya! ¿Hoy te dignaste a hacer un desayuno digno de reyes, hermano? —pregunté con sarcasmo y una sonrisa en mi rostro al entrar a la cocina.
—Creo que te lo mereces después de todo, Tommy —me dijo Félix de espaldas mientras revolvía la masa para unos hotcakes exactamente como nuestra madre los hacía.
No obstante, Félix los preparaba sólo cuando estaba estresado, lo cual ocasiona que la comida me supiera a desesperación y estrés, y no a aquel amor maternal que tanto anhelaba esos últimos años. Nos sentamos en la mesa, pusimos los platos y cubiertos y comenzamos a comer.

—¿Nervioso, Tommy? —decía Félix con la boca llena.
—Pfff, esa palabra no entra en mi vocabulario, hermano...

Nervioso, asustado, aterrado, todas mis emociones apuntaban a un gran temor y a querer escapar de una vez, sin pensar en las posibles consecuencias que traería el plan..., pero sólo sabía que lo haría por mi beneficio y el de mi hermano. Sabía que con eso estaríamos un paso más cerca de nuestro objetivo. Como era costumbre, me tocaba limpiar la cocina al terminar de desayunar. Mi hermano sólo me dejaba hacerlo para criticarme después y terminarlo de hacer él a la perfección.

—Que rechinen de limpios los platos, hermano. Iré a arreglarme para el trabajo —dijo, desapareciendo en su habitación.

Mi hermano trabajaba como policía de la zona; patrullaba solo las calles todo el día y llegaba para quejarse del horrible trabajo que tenía. Ganaba una buena paga, no tenía por qué quejarse. Con ella teníamos una buena vida, incluyendo lujos que sólo los policías obtenían: electricidad todo el día, televisión, algunos videojuegos y, lo mejor de todo, podíamos tener una mascota, un pastor alemán al cual le salvé la vida del refugio de mascotas. El gobierno, temiendo que los animales también se infectaran y pudieran contagiar a los sobrevivientes, comenzó a reunirlos y a sacrificarlos. Cuando vi a Riley en el refugio con esos enormes ojos de color café, no pude resistirlo, simplemente llegué y lo tomé. Como buen fanático de los videojuegos, le puse Riley en honor al personaje de mi videojuego de guerra preferido. Nos volvimos inseparables.

Sí, teníamos una vida de reyes, como diría mi hermanito... Recordarlo siempre me dolía en lo más profundo de mi alma. No obstante, intenté apartar ese pensamiento de mi cabeza y me apresuré en la limpieza de la cocina. Cuando por fin terminé de limpiarla, escuché las pisadas de Félix. Sus pasos delataron su presencia. Creo que le falta práctica para poder pasar desapercibido, si es que ésta era su intención.

—¡Guau!, me sorprendes, dejaste todo impecable —murmuró caminando por la isla que hay en medio de la cocina, mientras pasaba sus dedos por todos lados para asegurarse de que todo estaba en orden, sin polvo y rechinando de limpio.

—Me voy a dar una vuelta con Riley. Te veo a la hora de la cena.

Agarré mi mochila de la mesa de la sala, me coloqué el inútil cubrebocas, le puse la correa a Riley y tomé las llaves de la casa.

—Hoy es el día, Tommy, tienes que estar temprano en casa —me recordó Félix mientras se ponía sus lentes.

Él se fue al centro de la ciudad y yo me dirigí al parque más cercano. Quería aclarar mi mente y estar preparado para lo que venía. Caminé durante mucho tiempo. Me detuve en varias tiendas, en la mayoría sólo se veían antigüedades. Nada interesante a mi parecer. Con la llegada del virus el mundo se vino abajo. Había poco que hacer para estar entretenido. Ser sobreviviente no era otra cosa más que dar lástima a los poderosos de este mundo. Nos veían como si fuéramos moribundos, creyéndose superiores a nosotros, viviendo en las mejores partes del país y observando cómo los demás nos veníamos abajo... De nuevo, esos malditos pensamientos de odio. «Relájate, Thomas, todo llegará a su fin».

Aceleré el paso y, de repente, ya había llegado al parque. Era un soleado día de verano y había poca gente. Todavía había mucha preocupación de que al salir te pudieses contagiar. No obstante, aunque la cura aún no había sido descubierta, lo peligroso ya había pasado. Me senté en el césped con las piernas cruzadas y solté a Riley. Saqué mi reproductor de música y vi a algunos niños jugando cerca del lago mientras me colocaba los audífonos. Al parecer, después de todo, se puede disfrutar de la poca libertad que se nos da en las viviendas. Vancouver ya no era como se le conocía antes. Se había vuelto una zona de hogares para los sobrevivientes donde nos mantenían al margen y siempre vigilados. Era una zona de familias importantes, jefes de policía, políticos, así como del señor gobernador y su familia. A las afueras de este área estaban todas las demás familias saludables pero con un nivel económico más bajo. Y más allá de aquéllos, estaban los salvajes, los enfermos, los moribundos, en definitiva, todas las personas a las que la enfermedad atacó y estaban en sus peores momentos o esperando la muerte.

Mientras escuchaba música, me recosté en el césped y comencé a cerrar los ojos. Riley se recostó a mi lado y empezó a roncar tan pronto como cerró los suyos. Tenía que estar en el colegio dentro de una hora. Era el último día de clases. Por fin las tan esperadas vacaciones de verano.

La hora pasó muy rápido. Cuando me di cuenta, faltaban quince minutos para comenzar las clases. Escogí medicina como carrera universitaria y era mi segundo año. Si bien es una carrera bastante complicada, lo era aún más debido a los pocos recursos y puntos de referencia que había. Respiré de nuevo y le indiqué a Riley que me siguiera. Los niños que estaban cerca del lago habían regresado a sus casas.

Entré al salón de clases cinco minutos antes de la hora y me senté en el pupitre más lejano a la puerta. Riley se recostó en mis pies. Luego fueron llegando los otros alumnos y el profesor. Cuando inició la clase, todos guardamos silencio y comenzamos a tomar apuntes de lo que nos indicaba el profesor. En el siguiente año veríamos algo más que disecciones sencillas y primeros auxilios. ¿Ya dos años y sólo había aprendido lo básico? A ese ritmo iba a terminar la carrera en quince años, si es que no reprobaba.

Sólo faltaban seis horas para que la tortura acabara. Durante éstas tuve la cabeza en las nubes y no me concentré del todo, pero sabía que en todas ellas se habían dedicado a despedirnos y desearnos un buen verano. Un verano encerrados en casa. Dos largos meses de nuestras vidas sin tener vida social, temiendo contraer la enfermedad tan mencionada y haciendo lo que la demás gente te decía para prevenirla.

A las cinco de la tarde las clases habían terminado. La escuela estaba desierta y sólo quedamos Riley y yo. Escuché gruñir a mi estómago. Decidí que me devoraría una hamburguesa doble con tocino y papas fritas, aunque me costara el triple de lo que en otra época hubiese costado. Riley empezó a agitar la cola al ver que nos acercábamos al único puesto de hamburguesas donde las vendían en buen estado. Cómo sabía que no me iba a quitar de encima a Riley mientras comía, pedí para él otra hamburguesa y nos sentamos en una banca cercana para disfrutar nuestra comida. Cuando iba por más de la mitad, un policía tomó a Riley del collar arrastrándolo a su patrulla. Tiré lo que quedaba al suelo, corrí hacia él y le di un empujón al oficial. Éste sólo dio un paso hacia atrás.

—¿¡Quién te crees que eres para agarrar a mi perro!? —grité a todo pulmón para que se alejara de nosotros.

—Muchacho, órdenes son órdenes: no se deben tener mascotas, te podrías contagiar —dijo el oficial observando con ira en sus ojos.

—¿Crees que no lo sé, idiota? ¿Acaso no ves el collar fosforescente? —dije mientras le quitaba el collar a Riley y se lo mostraba.

—Lo puedes conseguir donde sea, muchacho, así que, si me lo permites, me llevaré a este animal antes de que ocasione un problema.

—Está entrenado y verificado por ustedes. Habla con el agente Prescott si no me crees.

La tensión se podía cortar con un cuchillo, la rabia se había apoderado de ambos. Nadie me iba a separar de Riley. El oficial sacó su radio y preguntó por mi hermano. Su cara de decepción fue todo lo que necesité para sonreír victorioso y largarme de ese lugar. Me di la vuelta mientras el estómago de Riley y el mío gruñía al unísono.

—Lo lamento, amigo, te debo una hamburguesa. Otro día será —le di una palmada en la cabeza y nos dirigimos de regreso a casa.

Al llegar, faltaba menos de una hora para que oscureciera completamente. Me sentía estresado y furioso pero, a pesar de todo, sabía que Riley aún estaba conmigo. Al entrar, éste fue corriendo a la cocina a devorar los restos de comida que quedaban en su plato mientras yo me dirigía a la sala a jugar algunos videojuegos. Encendí la televisión, las noticias nocturnas estaban comenzando.

Era lo mismo día a día: "La cura está a la vuelta de la esquina" y "no se estresen". Tras ello, el gobernador daba el mismo discurso sobre "apoyarnos unos a otros y no darle la espalda a nadie". Sí, claro, puras patrañas. Mientras que los poderosos de este país nos daban la espalda, los sobrevivientes vivíamos día a día sin pensar en el mañana y nos apoyamos sin que alguien que se cree superior a nosotros nos lo dijera. De puro coraje lancé el control a la pared, destruyéndose en pedazos. Sabía que tendríamos que comprar otro, pero la ira se había apoderado de mí. Mi respiración se agitó demasiado, más Riley saltó a mis piernas, lamiéndome toda la cara para relajarse. Mi muy buen amigo sabía cómo calmarme en mis peores momentos. Le acaricié la cabeza y se acomodó en mis piernas. Al poco tiempo nos quedamos profundamente dormidos.

—¡Pero qué tiernos!, los mejores amigos dormidos sin preocupaciones —se reía Félix mientras dejaba algunas bolsas del supermercado en la mesa de la sala.

—¿Qué haces aquí tan temprano, hermano? —pregunté bostezando.

—Si fuese temprano, te daría la razón, pero como son casi las nueve de la noche, creo que fuiste tú quien cayó en coma por ira —me guiñó un ojo al referirse al control destrozado al otro lado de la habitación.

Dicho eso, se sentó a mi lado, acarició a Riley y se puso a ver la televisión.

Físicamente éramos tan diferentes que nadie pensaría que fuéramos hermanos. Félix tenía el cabello negro y lacio. Como nuestro padre, sus ojos verdes tan profundos lo hacían ver intimidante. En cambio, mi cabello castaño alborotado y rizado me hacía ver como un adolescente común y corriente. No obstante, tenía la misma mirada profunda de ojos verdes. Eso era lo que nos identificaba como hermanos, una mirada llena de emociones que sólo nosotros dos podríamos reconocer.

Sabía que no se había sentado a mi lado sin motivo alguno. Era nuestro último momento juntos, así que durante la siguiente hora no paramos de reírnos recordando viejos tiempos. Cuando vimos el reloj marcando las diez de la noche, nos levantamos y nos abrazamos.

—Recuerda, no lo hago porque no te quiera, lo hago para que estés a salvo, así que rómpete una pierna —me abrazó fuerte y unos segundos después, me soltó.

—Espera, ¿esa frase no se dice en el teatro? —le dije con curiosidad.

—¿Crees que no lo sé? No es literal. Venga, que ya es tarde, termina de arreglar las cosas para irnos —me dio una palmada en la espalda y se dirigió a la cocina para poner más comida en una mochila.

El momento había llegado y no había vuelta atrás. Todo estaba planeado para que no hubiera margen de error. El plan era a prueba de tontos, seríamos idiotas si no lo hubiéramos planeado todo hasta el último detalle, elaborando planes de reserva y dándonos cuenta de que el día estaba cada vez más cerca... Pero nunca pensé que el día llegaría tan pronto. Entré a mi habitación, terminé de guardar algunas cosas en la mochila y le puse su suéter a Riley. Le acaricié la cabeza mientras meneaba la cola y le sonreí.

—Llegó el momento, amigo.

Nos dirigimos a la sala con mochila en mano y el plan dándome vueltas en la cabeza.

Mi hermano terminó de arreglar otra mochila extra para mí pero me pareció demasiado pequeña. No tenía sentido que llevará peso extra.

—¿Qué pasa?, ¿ahora me crees un enano, Félix? —le dije dándole un empujón con el hombro cuando me dirigía a tomar un vaso de agua.

Se agachó para acariciar a Riley y comenzó a hablar tratando de no usar su típico sarcasmo.

—Para tu información, mi pequeño hermano, me preocupa mucho el bienestar de mi buen amigo canino, ya que al parecer es tu único amigo aquí y es el que te salvará el pellejo más veces de las que crees. Le preparé una mochila con cosas para él y que pueda llevar en su espalda.

Dándome esa explicación me di la vuelta y pensé en reírme pero, por la seriedad en su mirada, sabía que era por el bien de Riley. Tomé la pequeña mochila y la coloqué en la espalda de mi compañero canino. Le quedaba a la perfección y se veía más curioso de lo que ya era.

Salimos de la casa a las diez y cuarenta y cinco. Todo tenía que salir a la perfección, no tenía que existir ni el más mínimo error.

—Tendrás exactamente quince minutos para que hagas lo planeado. Después de ese tiempo, la verdadera fiesta comenzará —me dijo Félix sonriente antes de marcharse en dirección contraria a la mía.

Aceleré el paso con cada cuadra que dejaba a nuestras espaldas. Riley no se alejaba ni un metro de mí, estaba entrenado para mantener siempre la guardia sin importar lo que pasara. Cinco minutos después de haber salido de la casa ya habíamos dejado atrás el parque y mi colegio y estábamos a menos de cinco cuadras de la enorme reja que rodeaba a la ciudad de Vancouver. Teníamos que llegar con tiempo de sobra por si había algún inconveniente con lo planeado. Riley aceleró el paso y empezó a trotar. Yo, por mi parte, tenía que estar alerta por si sucedía algo.

Riley se quedó quieta al llegar a una esquina y levantó las orejas en señal de peligro. Algo estaba sucediendo. Me acerqué lo más silenciosamente que pude y observé cómo las rejas estaban siendo resguardadas por algunos guardias. Se suponía que no estarían esta noche. Tenía que pensar en algo y rápido ya que me quedaban tres minutos antes de que la fiesta comenzará. Noté que varios guardias se habían metido a su cabina y los demás se marchaban sin mirar atrás. Era el momento de avanzar.

Le indiqué a Riley que avanzara primero para yo seguir su camino. Con cada paso sentía la presión en mis hombros. Teníamos que apresurarnos.

Llegando a la cabina se escuchaban los murmullos de los guardias. Al parecer era el cumpleaños de uno y su esposa lo había olvidado. Agachándome lo más que pude, pasamos sin ser percibidos y comenzamos a trotar para llegar a la reja. No recordaba la ubicación de la salida, sólo sabía que estaba a unos metros de la cabina. No había tiempo para idioteces. Riley se alejó unos diez metros de mí y comenzó a morder la reja al mismo tiempo que gruñía. Había encontrado la salida.

Me acerqué a él y cuando logré abrir el pedazo de reja suelta, las luces de los alrededores se encendieron, activándose la sirena que indicaba una emergencia. Me había quedado sin tiempo. La fiesta había comenzado. Empujé a Riley por el espacio que había y le indiqué que comenzara a avanzar. Se escuchaba a los guardias que se acercaban deprisa. No cabía por el espacio de la reja, así que comencé a escarbar en la arena para hacer espacio pero de nada sirvió. Las luces comenzaron a iluminarse. El plan había fallado.

Pero no podía defraudar a mi hermano, tenía que seguir. Los guardias de la cabina comenzaron a hacerme señas y a gritar, indicándome que me quedara quieto y que estaba rodeado. No me iba a quedar aquí para ver cómo me torturaban, así que les levanté el dedo medio y seguí cavando. Riley comenzó a ladrar, otro inconveniente. Al darme la vuelta, cinco policías estaban a menos de doscientos metros de mí apuntándome con sus armas.

Sentía mi pulso acelerarse cada vez más, me costaba mucho respirar y las manos me temblaban. Me quité la mochila y la empujé por el espacio abierto. Riley la tomó con su boca, alejándose del espacio para que pudiera pasar. Comencé a meter mi cabeza y la mitad de mi cuerpo. Escuchaba los gritos y las pisadas pero no podía mirar atrás, iba a desmayarme si lo hacía.

Comenzaba a pasar por el agujero en la reja cuando escuché los disparos. Se veían las luces como si fueran fuegos artificiales. Estaban por todas partes. Cuando iba pasando la mitad de mi lado izquierdo del cuerpo, la reja comenzó a rajar mis mejillas; ardían demasiado pero el dolor no era un obstáculo en esos momentos, así que me empujé con más fuerza. Estaba a punto de pasar completamente cuando sentí algo inusual en mi cuerpo. Se sentía como si algo hubiera traspasado alguna parte de mi brazo derecho. Había logrado pasar la reja pero la sensación era demasiado incómoda, sentía un ardor desagradable. Mi extremidad estaba llena de sangre. Lo que tenía herido era el hombro, no lo podía mover. Tomé la mochila con el brazo bueno y me levanté de un salto, comenzando a correr.

"No debo mirar atrás, no debo mirar atrás", me repetía una y otra vez. El dolor empezaba a surgir. Sabía qué hacer con la herida pero no tenía tiempo, tenía que ponerme en un lugar seguro. Pese a que era verano, mi boca expelía vapor por la baja temperatura que había. Pero no podía bajar el ritmo que llevaba. Riley venía detrás de mí, ladrando para que me concentrará en continuar. Las calles estaban desoladas y las casas casi destruidas; sabía con certeza que no había una persona mentalmente estable viviendo por los alrededores.

Estábamos en completa oscuridad. Las pocas luces a ambos lados de las calles parpadeaban por unos segundos y se apagaban al siguiente. Seguimos trotando por unas cuantas calles más hasta que estuve completamente seguro de que nadie nos seguía. De repente, mis pies no pudieron continuar más y me desplomé en medio de la calle. Me hacía falta aire y el dolor de mi hombro aumentaba, pero tenía que continuar, no era un lugar seguro. Lo único que sentía era que el mundo se desplomaba sobre mí. Riley comenzó a lamer mi rostro y a ladrar para mantenerme consciente, pero sus ladridos los sentía muy lejos.

No podía moverme y mis párpados los sentía demasiado pesados. Lo único que logré hacer fue darme la vuelta para tener la espalda en el suelo y tratar de conseguir que el aire entrara en mis pulmones. Sentía que era el fin y que la oscuridad me tragaba. Mi respiración estaba muy agitada. Lo último que vi fueron esos profundos ojos azules.

Capítulo 2

No hay arcoíris sin un poco de lluvia

Escuchaba murmullos a lo lejos, pero el cuerpo me pesaba y los párpados no se abrían por más que lo intentara.

—¿Crees que muera? —murmuraba una voz cercana.

—No lo sé, querida, pero haremos lo posible para salvarlo —dijo otra voz más cercana a mí.

—Tranquila, hermana, llegaste justo a tiempo. Dejémoslo descansar.

Había tantas voces a mi alrededor que no podía diferenciar una de otra. Cuando pensé que podía moverme y salir de ahí, la oscuridad se apoderó de mí una vez más.

Sentía la cabeza caliente, el hombro lo tenía entumecido, mis piernas no respondían y sentía que algo me aplastaba. Logré abrir los párpados unos minutos después de cerciorarme que estaba completamente solo. Lo que mis ojos vieron fue un hocico y una lengua en toda mi cara. Era mi alegre compañero.

—¿Preocupado por mí, amigo? —le dije, acariciando su cabeza.

Al intentar sentarme en la cama, sentí que mis músculos se desgarraban. El cuerpo no me respondía del todo, por lo que me recosté de nuevo para calmar el dolor. Me sentía a salvo a pesar de no saber dónde estaba. Riley saltó de la cama y salió corriendo del cuarto, dejándome solo.

Escuché algunos pasos cerca. Riley regresó con una pequeña mochila en su hocico. No podía tomarla porque mis brazos pesaban demasiado, así que simplemente la dejó en el suelo y se acostó. Escuché más pasos que se acercaban. Los nervios me consumían porque no sabía lo que me esperaba. ¿Acaso estábamos a salvo o tenía que hacer lo posible por correr de ese lugar lo antes posible?

Entró una mujer de unos cuarenta años que llevaba puesto un vestido gris por debajo de las rodillas y un poco gastado por el tiempo. Sostenía una bandeja de comida en las manos. Se acercó a la mesa que había al lado de la cama, dejó la comida, me sonrió y salió de nuevo de la habitación sin decir nada. A los segundos entró alguien de estatura media, piernas largas, cabello largo y castaño y esos ojos. Esos profundos ojos azules. Aquéllos que recuerdo haber visto antes de perder el conocimiento.

—Al parecer, te ves muchísimo mejor —me dijo con una sonrisa de oreja a oreja mientras se acercaba a mí.

—Sí, me siento bien —susurré para mis adentros.

—Mi madre hizo un desayuno digno de reyes, así que celebremos que ya has despertado. Debes estar muriéndote de hambre pues has estado dormido un día entero. ¿Te ayudo con algo? —sonrió de nuevo y tomó el plato de comida.

Había hecho una especie de omelette con papas cocidas a un lado. Colocó el plato en la mesa que había a mi lado y puso su mano en mi frente con un roce delicado.

—¡Demonios!, estás demasiado caliente —me dijo sorprendida.

—Lo que sucede es que yo siempre estoy caliente.

Le sonreí lo mejor que pude y ella soltó una carcajada con mi comentario. Puso sus ojos en blanco, me colocó un pañuelo húmedo en la frente y se alejó unos pasos de mí, dejándose caer en el sillón cercano a la cama.

—Tenía que intentarlo, ¿no? —le dije, tomando los cubiertos al empezar a comer.

Mi estómago gruñía mucho. Devoré el plato en menos de cinco minutos pero no conseguí saciar el hambre que tenía. Quizá podría haber pedido más pero me dio vergüenza, así que sólo di las gracias. La chica se levantó del sillón, se acercó, tomó los platos y se dirigió a la puerta. Se detuvo en la entrada, me miró y sonrió de oreja a oreja antes de salir de la habitación cerrando la puerta tras de sí.

Me recosté de nuevo y comencé a respirar lentamente. Con cada respiración mi pecho me ardía más. Tenía que regular la respiración y olvidarme del dolor. Me sentía agotado. Mis párpados me pesaban y volví a caer de nuevo en un profundo sueño.

Abrí los ojos y lo único que pude observar con claridad es que me encontraba en el famoso festival de las mariposas de mi pueblo, pero no era todo como solía ser. El parque estaba destruido, los puestos de comida destrozados, alimentos tirados por todos lados y la gente corriendo con miedo en sus rostros.

Miré a los lados del parque y todas las casas estaban destruidas y las calles alborotadas. Mi respiración estaba agitada y eso sólo ocurría cuando estaba asustado. Todo parecía tan real.

«Tengo que ir a casa», me dije, así que corrí lo más rápido que pude pero no me moví tan rápido como esperaba. Mi casa estaba cada vez más lejos. Seguí moviendo los pies unos minutos más.

Tenía que llegar a casa o la oscuridad regresaría por mí.

Cuando logré llegar a la puerta, ésta estaba destrozada.

Hice a un lado los trozos de madera que quedaban y me dirigí a la cocina. Estaba revuelta. No había señal de que hubiera estado alguien allí recientemente. Mientras revisaba el primer piso, escuché ruidos en el piso de arriba.

Corrí a las escaleras y entré a mi habitación, que es la más cercana a la escalera. Allí estaban mis cosas por todos lados, la cama destrozada y mi armario revuelto. No había rastro de Riley. Azoté la puerta de mi cuarto y me di la vuelta para entrar al de mis padres. Comencé a abrir la puerta, escuchando ese chirrido de vejez de los goznes, y lo único que visualicé completamente fueron dos cuerpos juntos tirados en el suelo. Se veían pálidos como la nieve. Sentí un escalofrío en mi nuca. No sabía qué hacer, así que sólo me acerqué al cuerpo más cercano. Era mi madre. Le di varios toques en su espalda. Estaba rígida.

Le di la vuelta a su cuerpo para poder tenerla de frente y sentí cómo su cuerpo estaba congelado. Su boca y nariz estaban llenas de sangre. Había pasado mucho tiempo antes de que los encontrara. No pude aguantar las lágrimas, me ardía la cara y se me estaba dificultando respirar.

Comencé a sollozar agarrado a mis rodillas. No tenía la suficiente fuerza para verificar a mi padre. Me limpié las lágrimas con la manga de mi chamarra y corrí al cuarto de mi hermanito.

Lo vi arropado en su cama y sentí alivio. Tenía que despertarlo para largarnos de ahí, no había tiempo que perder.

Me acerqué a su cama y vi el mismo rostro pálido de mis padres con la boca y la nariz llenas de sangre. No podía creer lo que veía. Lancé mis brazos sobre su frío cuerpo, lo abracé y dejé que el dolor saliera por medio de mis lágrimas.

Sentí cómo el mundo se venía abajo. Había perdido a mi familia, me sentía solo.

Unos brazos me arrastraron lejos del cuerpo de mi hermano, colocándome en el piso al lado de la cama. Cuando las lágrimas dejaron de brotar y me devolvieron la vista, aún tenía esperanza de sobrevivir.

—Tenemos que irnos, hermano —Félix me abrazó por encima de los hombros y me levantó del suelo de un tirón.

Me sacó arrastrando de la casa. Me puso la mano en la boca para intentar callar mis gritos. Cuando salimos a la calle, dejé de sollozar. Lo único que podía ver era el final del pueblo. Las calles estaban llenas de escombros y muchos cuerpos tirados por las banquetas. Los disparos se escuchaban por todos lados. Gente corriendo, incendios en las casas... En pocas palabras, parecía el fin del mundo.

Félix me empujo dentro de su patrulla en el lugar del copiloto para que no observara el desastre afuera. Me di la vuelta para ver a Félix dar la vuelta a la patrulla y miré a Riley recostado en el asiento trasero meneando su cola de alegría por verme. Félix entró en el lugar del piloto y aceleró.

—¡No podemos irnos sin ellos, Félix, regresa en este momento! —le gritaba a mi hermano con un nudo en la garganta.

Me volteó a ver con lágrimas en sus ojos.

—Lo lamento, hermano, ya no podemos hacer nada por ellos. Te protegeré cueste lo que cueste.

Continuó manejando sin mirar atrás, acelerando a cada kilómetro.

Eso no era un sueño, era la pesadilla que me atormentaba todas las noches desde que comenzó todo. De repente, me desperté.

—Oye, tranquilo, todo estará bien. Sólo era un mal sueño. Estás aquí y a salvo, así que respira y tranquilízate —me decía con voz delicada mientras acariciaba mi cabeza. Mi respiración estaba agitada y estaba empapado en sudor. Había sido peor que antes. Además, que yo sepa nunca había gritado y tampoco nadie me había consolado después de tener una pesadilla. Y aquí estaba a mi lado la desconocida, tranquilizándome, sin siquiera saber mi nombre. Riley estaba a mi lado en el otro costado de la cama lamiendo mis manos y tratando de calmarme.

—¿Sabes? Desde que llegaste no se ha separado de ti. Tienes a un muy buen amigo a tu lado. Acarició a Riley y colocó un vaso de agua a mi lado junto a unas pastillas, no sin antes ofrecerme una de sus sonrisas y salir del cuarto. Tomé el vaso de agua y las pastillas. Me metí las pastillas a la boca y me bebí todo el vaso de agua. Me tranquilizaba sentir algo que bajaba por mi garganta, fue refrescante. Coloqué el vaso en su lugar y me recosté, pero no me volví a dormir. Me quedé mirando el techo hasta que los primeros rayos del sol comenzaron a salir.

Me levanté y abrí las persianas que tapaban el sol. Necesitaba ese calor que sólo el sol me podría proporcionar. Respiré hondo, inhalé y exhalé hasta estar seguro de que estaba despierto. No quería volver a dormirme y recordar todo de nuevo. Me puse los tenis y salí de la habitación. Con cada paso que daba, sentí que el dolor del pecho y hombro habían disminuido. Intenté mover el hombro pero los músculos aún estaban rígidos. Me detuve al final del pasillo y miré mi hombro. La bala no estaba. En su lugar, la herida estaba cubierta con una gasa y vendas alrededor de todo el hombro. Sentí alivio al saber que la herida no estaba infectada y que los desconocidos me habían cuidado. Tenía que agradecerles de alguna manera. No soy muy bueno con las palabras pero podría ayudar en lo que se necesitara en el hogar.

Después de que la chica de ojos azules me consolara tras la horrible pesadilla, sabía con certeza que podía confiar en ellos. Parecían buenas personas y habían sufrido pérdidas igual que yo. Eran los Moore. No conocía su historia ni sabía qué les había pasado. Tampoco quería preguntarles. Eran muy amables y no preguntaban mucho sobre mí. Sólo sabían mi nombre y no se metían para nada en mi vida, lo cual me encantaba.

La joven Moore se llamaba Elena y cada mañana me recibía con una agradable sonrisa y esos profundos ojos azules iluminados. El que se hacía cargo de ellas era el hermano mayor de Elena, Drew. Tenía alrededor de veintidós años, cabello castaño oscuro y de estatura baja para alguien de su edad, aunque estaba muy musculoso. Siempre estaba al cuidado de su madre y hermana.

Los días eran rutinarios mas no importaba: despertar, arreglar los jardines junto a Drew y salir a correr con Riley, darme una ducha en menos de cinco minutos, pasar otros diez mirando el techo pretendiendo que hacía mi rutina de higiene, desayunar y arreglar las partes destrozadas de las casas del vecindario. Riley se veía relajado pero no dejaba de tener la guardia alerta por cualquier peligro. No obstante, la mayor parte del tiempo estaba a mi lado o siendo consentido por Elena.

De vez en cuando, la señora Moore salía algunas horas para visitar a sus vecinas y entregar antibióticos a los enfermos. Normalmente, se llevaba a Drew para que le ayudara en lo que pudiera. Me parecía que la señora Moore era doctora o enfermera y que él estaba especializado en primeros auxilios, aunque la verdad no me importaba y no quería preguntar. Sólo sabía que me habían salvado la vida. Durante las horas que se iban, salía con Riley a tomar aire fresco y nos recostábamos en el césped del jardín trasero, acomodando él su hocico en mi estómago. Había pasado alrededor de un mes y medio desde que llegué. Estar en el jardín me hacía recordar mi hogar, el parque cerca del colegio y, sobre todo, a mi hermano. Con estos recuerdos me quedaba dormido. De repente, no sentí el calor de los rayos del sol y abrí los ojos. Era Elena la que tapaba el sol.

—¿Otra vez tomando siestas, Tom?
A Elena no le gustaba mucho mi nombre y optó por acortarlo a su manera.
—¿Otra vez tapando mi sol, Elena? —me reí mientras me levantaba y sacudía la tierra de mis pantalones.

Mi amistad con Elena había ido por buen camino. Ese mes y medio había pasado demasiado rápido con sus ocurrencias sobre cocinar o hacer algo divertido, aunque casi siempre terminábamos en la sala jugando juegos de mesa. Me hubiera podido juntar con Drew, pero siempre estaba al cuidado de su madre y hermana. Además, para él no estaba en su lista de prioridades entablar una nueva amistad. En cambio, Elena siempre me buscaba. Hablábamos durante largas horas hasta que uno de los dos se encontraba demasiado cansado y no podía mantener los ojos abiertos.

Me sonrió y nos dirigimos adentro para preparar la comida. Puse el plato de comida de Riley a mis pies y se la devoró en cuestión de segundos. Salió de la cocina para acostarse en el sillón de la sala y dormir.

Preparamos albóndigas a la boloñesa y nos reímos como un par de niños. A los treinta minutos de haber empezado a cocinar, llegaron Drew y su madre justo a tiempo para poner la mesa.

Todas las noches eran divertidas: reíamos, contábamos nuestros anhelos, anécdotas graciosas y, lo más importante, dejábamos de lado al virus.

—Elena, las provisiones están muy escasas, al parecer tendrás que ir al centro del pueblo para buscar más comida. Tu hermano no te podrá acompañar esta vez porque debe ir al otro lado de la ciudad a verificar a los enfermos.

Ir al centro era algo peligroso, pero Elena lo hacía con su hermano desde que todo había comenzado. Era la primera vez que iría sola por lo que vi una gran oportunidad para dar las gracias de algún otro modo que no fueran simples palabras.

—No se preocupe, señora Moore, yo iré con ella. Regresaremos antes del anochecer, justo a tiempo para la cena —le dije con la mejor sonrisa posible.

—Bueno, Tom y Riley, como hay que madrugar, mejor vayámonos ya a dormir —sonrió Elena, dando las buenas noches y retirándose a su habitación.

Todos se dirigieron a sus respectivas habitaciones para descansar. Yo me quise quedar a solas en la cocina para pensar y limpiar. Arreglé la cocina en un tiempo récord de diez minutos, dejándola rechinando de limpia. Mi hermano seguramente la hubiese vuelto a limpiar pero, a mi parecer, estaba perfecta. Tras ello, me fui a mi cuarto, me puse un pantalón de pijama y me lancé a la cama.

Mi respiración iba disminuyendo. Observaba cómo las persianas se movían por el aire que fluía en la habitación. Riley se acostó a mi lado y sus ronquidos comenzaron casi de inmediato. «El día siguiente será peligroso y tengo que estar alerta», me repetí unas cincuenta veces antes de quedarme profundamente dormido.

—¡Buenos días, dormilones! ¡El sol salió, los pájaros cantan y tenemos que ponernos en marcha! —gritaba Elena mientras me destapaba y salía de la habitación.

Bostecé, me estiré y me metí al baño para darme una ducha. Tras ello, me miré en el espejo y pude observar que las ojeras estaban desapareciendo. Si no fuese por éstas, mis ojos verdes hubieran resaltado más, recordándome mucho más a mi padre. Despejé mi mente de esos pensamientos y me cambié tan rápido como pude. También le coloqué su suéter a Riley. Sabía que lo querrían consentir y no dejarlo ir, pero tanto a él como a mí no nos gustaba estar separados. Salió primero Riley de la habitación agitando con emoción la cola y yo lo seguí.

Me asomé a la cocina y vi a la señora Moore preparando bocadillos para el viaje. Drew había madrugado y se había llevado algunas provisiones con él, dejando tan sólo una nota a su madre para no preocuparla mucho. Viendo a la señora Moore tan tranquila, pensé que no había de qué preocuparse ni por él ni por ella. Elena estaba en la sala poniéndose una sudadera por la cabeza, haciendo que su peinado se deshiciera. Se volvió a acomodar la cola de caballo y se incorporó con nosotros en la cocina.

—Les puse fruta, agua y algunos emparedados. Háganlos rendir, niños —nos entregó una mochila a cada uno y abrazó a Elena. Me sonrió mientras me alborota el cabello.

—No se preocupe, señora Moore, Riley y yo la cuidaremos con nuestra vida. Es una promesa —sonreí y abrí la puerta para dirigirnos al centro lo más rápido posible.

Riley estuvo enfrente de nosotros todo el tiempo. El camino al centro de la ciudad había sido rápido, sólo nos detuvimos tres veces para tomar agua o descansar en alguna plaza. La ciudad era más grande de lo que pensaba. Las calles eran muy anchas y las casas se fueron convirtiendo en edificios. A pesar de haber vivido cinco años en una ciudad, los edificios gigantes aún me sorprendían. Me gustaba mirarlos y pensar que eran infinitos, pero sólo me gustaba soñar despierto; la verdad es que aborrecía las alturas, sólo imaginaba la vista que se debía tener desde ahí arriba.

—Deja de soñar despierto, Tom, tenemos que apresurarnos.

Me levanté del césped. Elena comenzó a acelerar el paso. Riley y yo la teníamos que alcanzar antes de que desapareciera en alguna calle.

Cuanto más nos adentramos en la ciudad, las casas y las tiendas parecían más viejas. Muchas de ellas estaban destrozadas, con las ventanas rotas y ni una señal de vida. La gente de la ciudad se había vuelto más salvaje en el momento de comenzar los contagios. Ya no sabían qué hacer, así que recurrían a su instinto de supervivencia sin importarles lo que estuviera a su alrededor, excepto aquéllos que les importaban o ellos mismos. En Halton Hills la gente sólo había entrado en shock y nos ayudamos unos a otros sin pedir nada a cambio, pero aquí la gente se había vuelto salvaje. Parecían animales.

—¿Ves aquel edificio gigante con miles de ventanas? —apuntó al edificio frente a nosotros con un dedo.

—Sí, demasiado grande para ser un edificio ordinario, Elena —dije con el poco sarcasmo que podía usar.

—Cállate, Tom. Ahí es a donde nos dirigimos y, al parecer, ya hay gente. Lo mejor es que nos apresuremos antes de que se acabe la comida...

Aceleramos aún más el paso con Riley siempre al frente. Teníamos que estar calmados y alertas ante cualquier indicio de peligro. Elena entró al mismo tiempo que Riley al edificio, me tomó la mano y me dirigió a una tienda de comida a la vuelta de la entrada principal.

—Como mi hermosa madre no nos dio una lista con lo que quería, simplemente toma todo lo que creas que necesitemos y que dure más tiempo guardado.

Agarró una cesta que estaba al lado de la entrada y se dirigió a la sección de frutas y verduras, comenzando a llenarla de hortalizas que parecieran estar lo suficientemente frescas. Le indiqué a Riley que se quedara con ella, acostándose en sus pies.

Me di la vuelta, tomé una cesta un poco más grande y comencé a caminar por los pasillos hasta que encontré la comida enlatada. Puse en mi cesta todo lo que veía pues no podía saber con certeza cuándo volveríamos por comida.

Seguí caminando por los pasillos hasta que escuché un grito y pisadas fuertes. Me tiré al suelo. Noté cómo mi pulso comenzó a elevarse y mi respiración se agitó. Si bien me sentía en peligro, sabía que no estaban yendo a por mí. Al final del pasillo pasó corriendo un muchacho seguido por otros cuatro más. Parecía que algo estaba mal. Me levanté, puse la cesta en un lugar que no estaba a la vista y salí corriendo. Al final del pasillo, Elena estaba con los ojos muy abiertos. En cuanto llegué a su lado, me abrazó. Soltó un suspiro y me soltó.

—Tenemos que salir de aquí, la gente está como loca —tomó mi mano y empezamos a dirigirnos a la salida.

Pero cuando miré por mi hombro, observé cómo varios tenían en el suelo a un chico mientras le daban patadas en las costillas. Me solté de la mano de Elena.

—Riley, cuida a Elena. Elena, agarra a Riley.

Corrí hacia el muchacho que estaba en el suelo, dejando a mis dos compañeros a mis espaldas.

Empujé a todos los que estaban a su alrededor y vi cómo la sangre del muchacho le brotaba por la nariz y boca. Mis peores pesadillas regresaron, presentaba el mismo aspecto que los contagiados cuando llegan a su fin pero, afortunadamente, no eran más que golpes. Al intentar levantarlo del suelo alguien me empujó por la espalda, haciéndome caer a un lado del muchacho.

—¿Quién crees que eres? —habló el mismo que me había empujado—. ¿Es que no ves que nos estamos divirtiendo con él?

Sentía la rabia creciendo en mí, así que me levanté y le devolví el empujón, haciéndolo dar unos pasos hacia atrás.

—Para tu información, tratar a alguien así no está bien visto así que dejen en paz a mi amigo y les perdonaré lo que sucedió aquí, ¿entendido? —gruñí.

Los puños de los que estaban a nuestro alrededor comenzaron a resonar en mis oídos. Me estaban golpeando por todos lados. Me agaché lo más que pude, cerré los puños y comencé a golpearlos en sus caras. Dos de ellos se hicieron para atrás intentando hacer que sus narices dejaran de sangrar. A los otros los empujé con la poca fuerza que me quedaba. Tenía que salir de allí con vida.

En un descuido alguien me tomó por el cuello. Mientras me sujetaba, los otros comenzaron a golpearme en el estómago y en la mandíbula. Cerré mis ojos con fuerza para tratar de hacer desaparecer el dolor. Al parar los golpes, abrí los ojos de nuevo y observé que quien me había golpeado estaba muy cerca de mí, por lo que aproveché la oportunidad para contraatacar. Doblé la rodilla lo más que pude y lo golpeé en la parte baja, haciéndolo retroceder. Le di un codazo al que me estaba agarrando del cuello, brotándole sangre de la nariz. Lo impacté una vez más con el puño y lo arrojé a sus compañeros, los cuales salieron huyendo. Se comenzaron a alejar unos metros y aproveché para tomar el aire que me faltaba.

—¡Esto no quedará así! —gritaron, saliendo de la tienda sin volver a mirar atrás.

Me senté y comencé a inhalar y exhalar hasta que me tranquilicé. Elena llegó corriendo y me abrazó por los hombros.

—¡¿Estás loco o qué, Tom?! ¡Te podían haber matado!

Comenzó a sollozar en mi hombro y la abracé de regreso.

—Cuánta confianza tienes en mí, Elena, pero gracias por preocuparte y no meterte.

Me soltó y se limpió las lágrimas con la manga de su sudadera.

Me levanté y limpié la sangre de mi boca con la mano, percatándome de que era el único lugar que estaba sangrando. Volteé a mirar al muchacho, aún en el suelo. Le ofrecí mi mano para ayudarlo a levantarse y la tomó. Y vi aquellos ojos azules que estaban llenos de temor. Eran tan parecidos a los de Elena que me quitó un peso de encima al ver que estaba bien.

—¿Estás bien? Te llevaste algunos golpes antes de que llegara, amigo, pero no es nada que un buen descanso no arregle —le sonreí enseñando mis dientes ensangrentados mientras él se ponía de pie.

—Amigo, gracias, me salvaste la vida. No sé qué habría sido de mí si no hubieras estado en el momento exacto. Te debo una —levantó la mochila del suelo y comenzó a avanzar a la salida.

Elena me miró con una luz en sus ojos. Sabía que tenía que hacer algo más por ese muchacho.

—¡Oye, espera! ¡Si no tienes a donde ir puedes venir con nosotros! ¡Tenemos espacio de sobra! —grité antes de que saliera por la puerta.

Se volteó para mirarme a los ojos. En sus ojos azules se atisbó un brillo de esperanza. Regresó corriendo, nos dio un abrazo a ambos y nos agradeció sin parar.

Me dirigí al pasillo donde había dejado la cesta con comida. Eché en la mochila lo que cupo y me la puse de nuevo en la espalda. Elena y el muchacho rubio también tomaron lo que pudieron. Tras ello, comenzó nuestro viaje de regreso al hogar de Elena. Estuvimos bromeando un buen tiempo hasta que se me pasó por la cabeza que no tenía ni idea de cuál era el nombre de aquel muchacho.

—Y a todo esto, desconocido al que le salvé la vida, ¿cuál es tu nombre? —volteé a mirarlo por los hombros.

—Muy buena pregunta, héroe. Me llamo Michael Grayson. Y tú eres Tom, creo yo. Y ella... Elena, supongo. Pero el pequeño canino no tengo idea de quién sea.

Me paré de repente. Ese apellido me sonaba pero no creí que fuera algo importante. Me di la vuelta y comencé a reír a carcajadas. Elena me miró extrañada y, de la nada, también comenzó a reír. Después de haber pasado juntos algunas semanas, reírnos por nada era algo que no me cansaba. Me comenzó a doler el estómago por la risa. Michael nos miraba raro, no entendía por qué nos reíamos tanto por una simple suposición de nuestros nombres.

Comencé a dejar entrar el aire a mis pulmones y dejé de reír. Miré de nuevo a Elena que estaba tirada en el suelo siendo atacada por los besos de Riley. Volteé a ver a Michael y suspiré.

—Gracias, amigo. Perdón por la risa de la loquera, pero sí, ella es Elena. Y yo no soy sólo Tom, me llamo Thomas pero a mi querida amiga no le agrada mucho mi nombre y se le ocurrió acortarlo para que fuera más rápido a la hora de mandarme a hacer algo. Y este pequeño canino y mejor amigo que ves aquí es Riley.

Elena frunció el ceño en mi dirección, se levantó de un salto y me dio un golpe en el hombro al mismo tiempo que me ofrecía una de sus sonrisas.

—Deja de ser un idiota, Tom, y vayamos a casa antes de que mi madre se vuelva loca porque no llegamos antes de la cena. Tenemos que llegar antes que Drew para decidir qué cenaremos. Me sonrió y aceleró el paso. Riley la siguió a su lado, dejándonos a Michael y a mí varios metros atrás. Caminamos por algunas calles más hasta que Michael frenó un poco.

—Qué carácter tiene ella. Y qué piernas. Tu novia sí que es especial, amigo mío.

—Lamento defraudarte, Michael, pero ella es sólo una amiga.

Me sonrió con un brillo en sus ojos y trotó más rápido para estar al lado de Elena. Su comentario me había hecho pensar. La verdad es que nunca había visto a Elena de otra forma más allá que una bonita amistad. Creo que verla como novia podría arruinar las cosas.

Suspiré y me acerqué a ellos dándoles un susto por la espalda. Cuando estábamos a media cuadra de la casa, nos comenzamos a empujar y a reír. Elena aceleró el paso y se detuvo de golpe frente a su casa. Michael comenzó a decir cosas sin sentido, haciéndome reír.

—¿Qué pasa, Elena? ¿No puedes con unos chistes sin sentido?

Mi voz se apagó antes de completar la frase, dejándonos en completo silencio. Elena estaba inmóvil y no hablaba.

La puerta de la casa estaba despedazada y algunas ventanas estaban rotas. No podía creer lo que estaba viendo. Sólo habían transcurrido algunas horas desde que nos fuimos. Elena y Riley entraron corriendo a la casa. Michael me miró unos segundos, me dio un golpe con su puño en el hombro y entramos también.

La sala estaba destrozada y los muebles estaban tirados por todos lados. La poca despensa que había en la cocina había desaparecido. Todas las superficies de los muebles estaban cubiertas de sangre. Elena empezó a agitarse y a correr por todas partes.

—¡¿Mamá?! ¡¿Mamá, dónde estás!? —gritaba entre sollozos.

—Cálmate, Elena, debe estar escondida.

Tenía que calmarla antes de que hiciera algo estúpido. Elena se tiró al suelo y comenzó llorar.

Michael salió al patio para ver si encontraba alguna pista de quién estuvo aquí. De repente, una sombra de estatura media entró a la casa. Era Drew, quien tenía la cara pálida como si hubiera visto un muerto. Éste miró con miedo a Elena que estaba en medio de la sala y se arrodilló a su lado para abrazarla, intentando calmarla. Había llegado más tarde de lo normal.

—Elena, ¿qué pasó? ¿Dónde está mamá? —se escuchaba preocupado pero intentaba no aparentarlo para poder tranquilizar a su hermana.

—Yo... Yo..., no la encuentro, Drew. La casa está destrozada y mamá no está por ningún lado —decía entre sollozos.

Tenía que darles su espacio y dejarlos tranquilizarse antes de que otra desgracia pudiera suceder. Comencé a caminar por la casa para ver si localizaba a la señora Moore pero lo único que encontré fue sangre por todas partes. Un nudo en mi estómago se formó mientras entraba a los cuartos. Entré al cuarto de Elena y ahí yacía el cuerpo de la señora Moore.

—¡Elena, Drew! ¡Encontré a su madre!

Me lancé al lado del cuerpo verificando que aún respiraba. Estaba agonizando. Parecía que no le quedaba mucho tiempo. Había demasiada sangre en la parte baja de su estómago, no dejaba de brotar. Entraron corriendo los dos hermanos y me hicieron a un lado.

—Niños..., cuídense el uno al otro..., no hagan nada que llame la atención... Recuérdenlo... Los amo demasiado. Como decía su padre..., no hay un arcoíris sin un poco de... lluvia...

Su mano, que estaba presionando su estómago, se dejó caer al momento en que su pecho dejó de subir y bajar. Elena y Drew rompieron en llanto mientras abrazaban el cuerpo inmóvil de su madre. Los sollozos de ambos fueron la señal para saber que tenía que salir de ahí, dejando atrás a dos amigos sufriendo y a una segunda madre muerta. Simplemente cerré la puerta a mi espalda.

Capítulo 3

Mantener los pies en la tierra

La casa se sumió en un silencio tan profundo que nuestras respiraciones no se distinguían unas de otras. Los sollozos de Elena y Drew cesaron después de unas horas. No obstante, siguieron encerrados en el cuarto. Tomé una pequeña bolsa de hielo del congelador y me la coloqué en la mandíbula para disminuir la hinchazón de los golpes de la pelea. El dolor aún no había surgido como esperaba. El miedo que tenía por ellos dos había consumido todo el dolor que pudiera tener. El único modo de alejarme de tanta tristeza era yendo al patio trasero. No avisé a donde iba, simplemente me alejé de sus problemas. Me tiré al piso y sentí cómo la brisa de la noche empezaba a caer. Riley apareció en la puerta meneando la cola. Puede que creyera que lo iba a abandonar después de algo así, pero sólo pensar en perder a alguien de nuevo me rompía el corazón de un modo que ni yo comprendía.

No quise moverme durante la siguiente hora. Lo único que me calmaba en ese momento era ver cómo las estrellas comenzaban a aparecer y brillar con mucha intensidad. Ahí, a lo lejos, una estrella brillaba más que las otras. Como decía mi madre, un alma nueva había llegado a su destino. Sabía que les debía dar un tiempo, pero ver que estaban sufriendo por la muerte de su madre me rompía el corazón. Pensaba que el único modo de hacerlos sentir mejor era darles su espacio. Riley se recostó a mi lado y le comencé a tararear la canción que mi madre me cantaba cuando era pequeño. La noche se empezó a hacer más fría de lo habitual pero no quise entrar ni enfrentar más problemas. Quería mi momento de paz, pero no duró mucho. Al segundo siguiente de intentar olvidarme de todo, Michael salió junto a Drew con la señora Moore envuelta en sábanas. No lo pensé dos veces y me levanté para ayudarles. Pusimos el cuerpo en un lado del jardín. Drew apareció con unas palas. Comenzó a cavar y yo hice lo mismo. En todo el proceso del entierro no nos dirigimos ni una palabra. Tomé el silencio de Drew como señal de que no quería hablar con nosotros. Quería sufrir en silencio. En cuanto terminamos de cavar, Drew tomó el cuerpo de su madre y lo dejó con delicadeza en el fondo del profundo hoyo. Se le escapó una lágrima y, acto seguido, se metió a la casa. Michael se encargó de rellenar la tumba. Yo me retiré al otro lado del jardín y volví a recostarme en el césped. Michael no tardó demasiado en tapar la tumba improvisada, así que, cuando terminó, cortó algunas flores del jardín y las colocó encima.

—Oye, vas a parecer una paleta helada si te quedas más tiempo aquí afuera, Thomas —decía Michael, acostándose a mi lado con una sonrisa mientras enseñaba los pequeños hoyuelos que se le formaban en sus mejillas.

—La verdad, amigo, no me importa en lo más mínimo.

No quería hablar de los problemas, ni con él ni con nadie, pero Michael era muy persistente a la hora de tratar de sacar plática de algún modo u otro.

—Drew y yo arreglamos el desastre en la casa. Hay algunas cosas destruidas que no tienen arreglo pero lo demás es cosa de tomarle tiempo —suspiró—. ¿Seguirás aquí afuera?

—Ayudaré con el resto pero, sinceramente, en estos momentos no puedo hacer nada. No tengo ánimos. No sé cómo Drew ha podido, es más fuerte de lo que pensaba.

Mientras tanto, Elena seguía aislada en su burbuja de sentimientos. Solté un pequeño suspiro y guardamos silencio durante algunos segundos.

—¿Sabes? Toda mi vida he creído que al morir nuestras almas se van al firmamento convirtiéndose en estrellas. Así podemos ver a nuestros seres queridos desde arriba.

—No pudiste hacer un comentario mejor para este momento, Michael. Eso es algo que solía decir mi madre —traté de sonar tranquilo pero un nudo en mi garganta se formó mientras lo decía.

Esas palabras me hicieron recordar aún más a mi familia. Mientras mi madre nos contaba cosas fantasiosas, mi padre detestaba que pensáramos que algo así fuera posible. En estos momentos, lo que más anhelaba en el mundo era que fuera cierto que ellos estuvieran allá arriba mirándome.

La temperatura había disminuido muchísimo. Michael tuvo la brillante idea de hacer una fogata, así que nos levantamos para recoger madera de los alrededores de la propiedad para comenzar a entrar en calor antes de que comenzáramos a tiritar. Nos sentamos alrededor de la fogata y Riley se durmió en el momento en que sintió el calor amigable. Michael empezó a contar chistes sin sentido y reímos sin parar durante un rato. El viejo chiste del "toc-toc" tomó curso cuando se quedó sin qué decir en mitad de la conversación. Él creía que vivir tanto en las calles lo habían convertido en algo así como un vagabundo. La verdad es que lo conocía desde hace menos de un día y ya lo consideraba un hermano.

—Entonces, Michael, tú dices que eres un vagabundo, pero no creo que con tu forma de hablar te hayas criado en las calles.

—Elemental, mi querido amigo. La verdad es que he estado de vagabundo unos dos años. Antes de este desastre y ser vagabundo, tenía una familia. Okey, no quiero que te pongas sentimental ni intentes abrazarme después de que te cuente esto, ¿de acuerdo? —dijo entre risas.

Pero sé que en el fondo quería confiar en mí.

—Sí, lo que digas, amigo. No creo que tu historia le gane a la mía, pero comienza.

Le sonreí y dio el suspiro más largo que alguna vez había escuchado.

—Bueno, mi familia era de las más poderosas en Estados Unidos. Éramos los dueños de la industria petrolera más importante. Vivíamos en California y mi vida estaba llena de lujos. No obstante, como ocurre en todas las familias, siempre surge algún que otro problema. En mi caso se trató de mi hermana pequeña, Jessica —sonrió—. Ella era una diablilla pero no como suelen ser los niños de diez años. Tenía cáncer terminal, se lo habían detectado en los pulmones a los seis años. A pesar de las sesiones de quimioterapia, nunca superó la enfermedad, así que ella decidió no seguir con tratamiento alguno. Quiso vivir lo poco que le quedaba siendo rebelde.

Así que viajamos a Vancouver para buscar a algún terapeuta que le hiciera entrar en razón. Se hizo cada vez más testaruda e incluso golpeó a su terapeuta, así que terminamos quedándonos en

Vancouver una temporada. Mis padres se comportaban como si Jessica no existiese, dándole lo que pedía sin preguntar, de modo que yo adquirí la responsabilidad de estar siempre con ella.

«Cuando todo este desastre comenzó, mi padre se había ido de viaje al extranjero y mi madre se encontraba en alguna fiesta de la alta sociedad, así que me encerré con mi hermana en nuestro sótano durante toda la semana. No supe nada de mi madre ni de mi padre. La verdad es que no me importaba; el bienestar de mi hermana era mi prioridad. De vez en cuando escuchaba que había gente en la casa, pero el sótano era el único lugar seguro ya que era difícil de localizar.

Pasada esa semana, nos quedaba menos de la mitad de la comida que teníamos de reserva y mi hermana empezaba a quejarse de que quería salir a jugar. También empezó a tener temperatura y escalofríos; se estaba enfermando. Amigo, ser el responsable de una niña no es fácil y quería hacer que todo el tiempo que pasamos escondidos fuera de su agrado, así que cometí el peor error de mi vida. Le dije que volvería en menos de una hora y que no se moviera porque tenía que ir corriendo a la tienda más cercana por comida y medicinas. Fui y regresé en menos de treinta minutos, encontrando el lugar demasiado silencioso. Le di unas vueltas al piso de arriba para cerciorarme de que no había nadie más. Cuando bajé, mi hermana estaba tirada en medio de su cama. No respiraba y sus ojos estaban llenos de sangre. Su piel estaba pálida. Los pulmones le habían fallado, dejó de respirar y yo no estuve con ella cuando más lo necesitó. Lloré muchísimo hasta quedarme sin aliento aunque sabía que llorar no solucionaría nada, así que le di el entierro que merecía y me largué. No volví nunca más, estaba demasiado destrozado y no quería saber de nadie más en este mundo. Estuve como nómada de aquí para allá sin una idea fija de qué quería hacer con mi vida. Perdí todo y no quería vivir. Cuando estaba muy deprimido mi único plan era buscar peleas. Afortunadamente, eso fue hace mucho tiempo. Este último año he estado completamente solo, evitando a las demás personas. Lo que pasó cuando me salvaste en el supermercado es una larga historia que empezó hace tiempo con esos bravucones... La verdad que te agradezco que me hayas dado esta oportunidad».

Sus lágrimas brotaban sin parar. Su pasado había sido desgarrador. Lo único que le había importado era el bienestar de su hermana y le había fallado.

—Michael, sé que me dijiste que no te abrazara ni nada pero lo siento mucho, amigo. Sé cómo se siente perder a lo que más quieres en esta vida. No tienes nada que agradecerme. Somos amigos, cuentas conmigo para lo que sea al igual que yo cuento contigo.

Me levanté y lo abracé por los hombros. No podía dejar que sufriera solo. No lo solté en un rato hasta que dejó de llorar y me sonrió. Se comenzó a limpiar las lágrimas con la manga de la sudadera.

—Muy bien. Mucho drama por mi parte. Creo que ahora te toca impresionarme con tu historia —sonrió.

Suspiré lo más profundo que los pulmones me dejaron. Le conté todo desde el principio. De vez en cuando soltaba una que otra lágrima que me limpiaba al momento de sentirla; en esos momentos, sus chistes eran la mejor medicina para tanto sufrimiento.

Le conté cómo encontré a mis padres y a mi pequeño hermano, cómo fue mi vida en Vancouver junto a mi hermano Félix, mis estudios de medicina y cómo hemos vivido estos últimos cinco años desde el inicio de la enfermedad. No comentamos nada más al respecto de nuestras historias, así que seguimos con los chistes y una que otra aventura de nuestra vida pasada. De la nada, Riley salió corriendo a la casa. Cuando miré a dónde se dirigía, una sonrisa inesperada salió de mi rostro. Elena se encontraba en la entrada con alguna especie de chongo en su cabello, los tenis mal puestos y un pijama rosa.

—¿Piensan quedarse toda la noche allá fuera o qué? La cena está casi lista, ¡y más les vale que apaguen esa fogata, pueden provocar un incendio si la dejan así! —gritó riendo y se metió con Riley a su lado.

Me sacudí la tierra del pantalón y fui por una cubeta de agua en lo que Michael echaba tierra a la fogata. Fui al lugar donde estaba la llave del agua del jardín. Tardó una eternidad en salir. Parecía que el agua estaba congelada, por lo que golpeé la tubería. Al momento de salir el agua, mi camiseta y pantalones terminaron empapados. Tal era el frío que sentí que llegué a pensar que posiblemente moriría de hipotermia. Rápidamente tomé el balde de agua, lo arrojé a la fogata y eché a correr hacia el interior de la casa. Al abrir la puerta corrediza, todas las miradas se posaron en mí mientras se reían al unísono.

—Tom, no puedo creer que seas tan demente como para tomar un baño al aire libre con este frío del demonio —Elena se retorcía en el piso tratando de respirar mientras se carcajeaba.

—¿Sabes, amigo? Si querías tomar un baño, aún tenemos agua y está caliente, ¿eh? Drew me dio una palmada en el hombro al momento de salir de la cocina, regresando a los cinco minutos con toallas. Me entregó una para secarme y con otra comenzó a limpiar el agua del piso. Estaban terminando de preparar la cena, unos deliciosos macarrones con queso. Era Elena la que cocinaba, seguramente estaba más calmada.

Les sonreí y me fui a dar un baño y ponerme ropa seca. Los siguientes minutos debajo de la regadera me hicieron pensar que ellos tres eran mi segunda familia. Nos tendríamos para protegernos los unos a los otros sin que nos importara nada más que nuestro bienestar. Riley estaba encima de mi cama profundamente dormido. Sí, era de sueño pesado y muy dormilón, pero qué podía hacer si sólo devoraba su comida y no hacía otra cosa más que dormir. Me recosté a su lado e intenté regular nuestra respiración. Parecía que no todo estaba saliendo según lo planeado. Habían surgido muchos obstáculos que no se podían negar o revertir. No obstante, y a pesar de todo, tenía que seguir pensando en mi objetivo.

—Hey, dormilón, la cena está lista. Vamos, Tom, arriba, tenemos cinco minutos gritándote. No sé en qué momento me quedé dormido pero, al parecer, había cerrado los ojos imaginando que nada de esta tragedia había sucedido. Sentí cómo se sentaba a mi lado en la cama y me daba cachetadas. Le tomé las muñecas y resoplé.

—Ya. Estoy despierto, no era necesaria tu agresividad, Elena. Ella salió de mi habitación y la seguí. El olor de la cena era delicioso, no parecía que alguien que quemaba el agua regularmente hubiera cocinado. La mesa estaba acomodada de la forma más formal que alguna vez haya visto en esta casa. Drew había sacado su reserva de vino que tenía escondida y sirvió cuatro copas. Habían sacado sus mejores utensilios y colocado una vela blanca a medio gastar en el centro de la mesa.

Todos se acomodaron en la mesa, mientras que Elena servía la comida y yo la llevaba a cada comensal. Drew comenzó a reírse de los chistes malos de Michael mientras tomaban uno que otro sorbo del vino. Elena me sonrió y se llevó el plato de la ensalada, indicándose que nos sentáramos de una vez.

—Demasiado elegante para mi gusto —sonreí al decirle eso a Elena.

Michael soltó una carcajada. No obstante, la mirada seria de Drew y Elena nos hizo ver que teníamos que pensar mejor antes de volver a abrir la boca para no meter la pata. Elena inhaló y exhaló profundamente con lágrimas en sus ojos, mientras que Drew simplemente bajó la mirada.

—Verán, no habíamos hecho una cena formal desde que nuestro padre falleció. Nuestra madre siempre nos decía que lo último que quería cuando ella falleciera era que estuviéramos tristes. Quería que celebráramos los mejores años que hemos pasado juntos, así que esta cena con su platillo favorito es en honor a nuestra madre. Esta noche va por ella. Simplemente se lo debemos.

Elena comenzó a sollozar en silencio mientras que Drew le tomaba la mano por encima de la mesa. Drew tomó su copa de vino y nos indicó que todos hiciéramos lo mismo. Miró de nuevo a Elena al mismo tiempo que le sonreía. Y así se puso de pie.

—Sé que no conocieron a mi madre tanto como nosotros, pero ella era increíble. Fue nuestra consejera, amiga y confidente. Era nuestro mundo. Sé que desde el cielo nos está mirando y nos sonríe porque le estamos cumpliendo su último deseo. Así que... esto va por ti, mamá. Levántense y alcen sus copas porque brindamos por una madre, una amiga y nuestra cuidadora.

¡Salud!

Chocamos nuestras copas y dijimos salud antes de dar un largo trago del vino. Elena y Drew se abrazaron. Sabía que sus vidas no iban a ser iguales después de esto. No obstante, pasara lo que pasará, tienen mi apoyo. Me acerqué a ellos y los abracé, soltando un último respiro de alivio. Michael nos abrazó segundos después, y así estuvimos algunos minutos hasta que todos empezamos a reír y darnos golpes con los hombros unos a otros. Nos sentamos a comer. La comida parecía estar hecha por los mismísimos dioses. Sabía la gloria. Llevábamos tanto tiempo sin comer algo así que disfruté hasta la última migaja. Durante la cena reímos y contamos chistes. Incluso el asocial de Drew estuvo contando alguno que otro chiste, de los cuales Michael estuvo orgulloso. Al parecer, ya no era el único con mal sentido del humor.

Al terminar la cena les indiqué a todos que se retiraran a dormir y que yo me encargaría de la cocina. Drew me dio las gracias, Michael me guiñó el ojo y Elena se fue sin decir nada. Creo que quería estar sola y no hablar, cosa que no me molestaba del todo, pero sabía que sufrir en soledad no te llevaba a nada bueno. La cocina no estaba hecha un desastre en comparación con otros días, pero el comedor sí estaba patas arriba.

No me llevó tanto tiempo como hubiera querido limpiar la cocina y el comedor. Al terminar, sonreí porque sé que Félix estaría orgulloso de mi trabajo de limpieza, aunque nunca lo admitiera. Tomé la bolsa de basura y la llevé al patio trasero. El bote de basura estaba cerca de la puerta y pude divisar las flores encima de la tumba. Éstas daban tanta paz que opté por sentarme a su lado. Terminé soñando despierto.

Las estrellas estaban aún más brillantes que horas atrás. La que brillaba con más intensidad en el centro era la que más me llamaba la atención. Solté un gran suspiro y me limpié las lágrimas con la manga de mi sudadera. Sentí unos brazos alrededor de mis hombros y me relajé lo más que pude. Me di la vuelta y vi cómo sus ojos profundamente azules estaban cristalinos por las lágrimas. Elena podría aparentar ser fuerte pero su corazón le impedía soportar más. Le rodeé los hombros y comenzó a llorar. No sentía lástima por ella, simplemente sentía la necesidad de protegerla. No quería llorar para complacerla porque me hubiera visto débil, pero verla en ese estado me quebró un poco el corazón.

Los minutos pasaron y no la solté hasta que su última lágrima salió. Sólo ahí la dejé libre y me eché a un lado. Se limpió las lágrimas y algunos mocos de su cara y me sonrió. Le sonreí de vuelta. Me acerqué a ella y la abracé de nuevo. Su respiración estaba agitada y su rostro había cambiado mucho en las últimas horas. Verla sufrir de esta manera no podía traer nada bueno a nuestra amistad. No la quería dejar ir. Cuando la abracé, lo único que quería es que ella entendiera que siempre la iba a proteger. Pero su respiración agitada me hizo ver que ella no estaba del todo bien. Me separé un poco sin dejar de abrazarla y percibí que sus ojos se perdían en las estrellas. Con la luz de la luna, sus profundos ojos azules me daban una tranquilidad que no podía encontrar en ningún otro lugar.

—Todo va a estar bien, Elena —le acaricié el cabello intentando tranquilizarla.

—Yo sé que todo estará bien, Tom. Simplemente tengo que mantener mis pies en la tierra.

Levantó su mirada hacia mis ojos y, cuando sentí sus labios próximos a los míos, acortó la distancia y la besé. Su respiración se cortó. Sus manos pasaron a mi cabello y mis manos a su cintura. Se sentía extraño. Al mismo tiempo sentía esa tranquilidad que sólo encontraba en su mirada. Cuando el beso empezó a intensificarse, me aparté. Abrió sus ojos azules que estaban radiando de felicidad. Soltó un suspiro demasiado largo y me alejé de ella, sin decir una palabra.

Capítulo 4

El pasado no vale la pena

Prácticamente escapé de lo que había hecho. Me había dejado llevar pero sentí la necesidad de hacerlo para que se sintiera mejor. Puede que haya cometido un error, pero no podía sacar de mi cabeza sus profundos ojos azules cuando me acerqué más de lo debido. Me dirigí a mi cuarto y cerré la puerta tratando de hacer el menor ruido posible. Riley estaba dormido en el pequeño sillón al lado de mi cama. Le acaricié la cabeza y me tumbé en la cama.

La ventana estaba dejando entrar el aire suficiente para que me diera más frío de lo normal, pero la pereza que sentía en esos momentos me impidió levantarme y cerrarla. Comencé a repasar paso a paso el día completo para verificar cuándo a mi estúpido cerebro se le ocurrió besarla en el momento más inoportuno. Lo único que se me ocurrió que pudiera tener sentido fue que bebí más vino de lo que debería haber bebido. Perfecto, estaba ebrio. Era la excusa perfecta para la estupidez que hice. Sólo espero que Elena no piense que hay algo más que nuestra amistad. Cerré los ojos y, a los pocos minutos, me había dormido profundamente.

Los murmullos de la sala comenzaron a elevarse hasta que empecé a escuchar gritos. Esos gritos a una hora tan temprana no podían traer nada bueno. Tomé la sudadera del sillón y me la puse. Riley salió corriendo del cuarto y yo lo seguí por detrás. Los gritos continuaban cuando entré a la sala. Había una mochila en la entrada. Los responsables de dichos gritos eran Drew y Elena. Ella estaba tapando la puerta a la vez que él intentaba moverla. Mientras tanto, Michael, sentado en el sillón, se carcajeaba.

—No, ya dije que no, Drew, no irás solo allá, puede que sea peligroso.

Lo decía con tanta rabia en su mirada que no me hubiera gustado ser Drew en esos momentos. Probablemente yo era el responsable de tanto coraje, así que simplemente me quedé callado y miré cómo seguían discutiendo.

—¿No crees que estoy grandecito para hacer lo que yo quiera, Elena? Iré, quieras o no. Aquellas personas necesitan mi ayuda. Ahora que nuestra madre no está, soy el responsable de ellos, así que, si me lo permites, muévete.

Drew no parecía exaltado. Como su tamaño era el doble que el de Elena, la movió de un solo empujón de la puerta. Elena comenzó a refunfuñar y lo abrazó por la cintura como último recurso para que Drew no se fuera.

—Por favor, Drew, no te vayas, eres la única familia que me queda. Hazlo por mí, ¿sí? —sus lágrimas comenzaron a brotar y Drew no tuvo más remedio que abrazarla de nuevo para consolarla.

—Últimamente estás de un humor, hermana, que no sé cómo aguantamos. Así que, mejor tranquilízate. Voy y vengo. Aquí están Michael y Thomas para cuidarte. No tienes porqué preocuparte si es que confías en mí.

Drew le limpió las lágrimas a Elena, tomó su mochila del suelo, la abrazó de nuevo y nos sonrió.

—¿Sabes, amigo? Si quieres, te acompaño. Parece que en esta casa hay demasiado drama.

Quisiera verte en acción, joven doctor —Michael se levantó del sillón tan rápido que en menos de un segundo ya se encontraba al lado de Drew para irse.

—Michael, no estés bromeando, por favor. Cuídense mucho —Elena parecía más una madre que una adolescente. Me empecé a reír. Parecía que sólo Michael había notado mi presencia cuando se levantó del sillón, ya que los otros dos me miraron de forma extraña.

—Sí, sigo vivo. Y sí, sus gritos me despertaron. Elena, tranquila, estos dos ya están grandes como para cuidarse solos. Deja que se vayan del nido —le guiñe un ojo a Elena pero me volteó los ojos y se sentó en el sillón con Riley acostado en sus piernas.

—No estoy de humor para tus comentarios sarcásticos tan temprano, Thomas Prescott.

Sí, el enojo era poco para lo que ella sentía. Llamarme por mi nombre completo era peligroso viniendo de Elena. Tenía que aclarar las cosas con ella antes de que algo malo pudiera suceder en nuestra ya arruinada amistad.

—Alguien se levantó con el pie equivocado esta mañana, ¿no les parece? Pero bueno, nos vamos. Hermana, cuídate. Thomas, espero que sigas vivo cuando regresemos. Nos vemos a la hora de cenar.

Drew nos sonrió y salió de la casa. Michael simplemente nos guiñó un ojo y fue tras él. La tensión en el aire se sentía y estar cerca de Elena en esos momentos no era nada bueno. Sin decir nada más, me fui a la cocina. Encontré los ingredientes perfectos para hacer unos hotcakes y me puse manos a la obra. Cuarenta minutos después, el desayuno y la mesa estaban listos. El olor era tan delicioso que Elena estaba parada a un lado de la mesa como si pidiera permiso para comer.

—Hay desayuno, que lo disfrutes —le guiñé un ojo y me senté a desayunar.

Sus ojos me indicaban que estaba tensa. Simplemente me sonrió y se puso a desayunar. Durante el tiempo que estuvimos desayunando ni se quejó, ni se enojó, ni me dirigió la palabra.

Acabando de desayunar, comencé a limpiar la mesa y cocina sin pedirle ayuda. Elena sólo llevó los platos al lavatrastos y salió de la cocina.

La verdad es que no me importaba que me dejara hacer esto solo, pero la distancia que mantenía conmigo no podía traer nada bueno a nuestra amistad. Como buen traidor, Riley se fue con ella al patio trasero. Elena se puso a arreglar el jardín y a cultivar una que otra semilla para que crecieran verduras o frutas. No es la mejor época del año para plantar algo, pero la urgencia de una comida saludable y que no esté precocida es fundamental, según ella. Terminé de limpiar la cocina e hice lo mismo con mi habitación, la sala y el comedor... Tenía que hacer algo que me recordara a mi hermano y, al mismo tiempo, despejar mi cabeza. Qué mejor forma de combinar ambas que limpiar compulsivamente la casa.

La estructura era de un solo piso, pero el tener cuatro habitaciones la hacía bastante grande. El único problema es que sólo había dos baños, de los cuales uno se encontraba en mi habitación. Drew o Elena hubieran podido tener esa habitación, pero cada vez que se los sugería evitaban completamente el tema. Tres hombres y una mujer no es una buena combinación para esto. No obstante, hicimos nuestro mejor esfuerzo por mantener limpio el baño.

La mañana pasó tan rápido que lo único que quería ahora era un poco de descanso. Me recosté en el sillón y, cuando estuve a punto de cerrar los ojos, Riley se abalanzó sobre mí cubriendo mi rostro con besos llenos de baba. Se acostó en mi estómago. Llegó un momento en que esos kilos de más se estaban notando, así que me moví, me senté y puso su cabeza en mis piernas. Noté que estaba cubierto de tierra en todas partes y el lodo se encontraba en todo el piso desde la cocina a la sala. Cuando intenté limpiarlo con la manga de mi sudadera, Elena se sentó del otro lado del sillón, cubierta de lodo tanto en su ropa como en su cara. Comenzó a acariciar el estómago de Riley y me sonrió.

—Tuvimos una especie de guerra con lodo y me ganó. Me hizo bien reír, pero ahora parezco el monstruo de lodo.

Elena parecía tranquila y sus ojos brillaban. La tonalidad azul se notaba aún más cuando se sentía feliz.

—Sí, a Riley no le gusta perder. Creo que apestan, así que deberían darse un baño.

Recibí un golpe en mi hombro acompañado de lodo en mi rostro. Elena se fue corriendo afuera carcajeando. La seguí corriendo. Cuando salí al patio trasero, me percaté que el jardín estaba impecable. El árbol gigante de en medio parecía más grande de lo habitual y las flores de alrededor parecían tener más vida. Elena se había esmerado.

Cuando recibí un chorro de agua, observé a Elena con la manguera en sus manos. Tomé la cubeta más cercana y la llené de lodo. Mientras Elena seguía mojándome con la manguera, me dirigí a ella y empezamos a correr por el patio. Riley se unió a nosotros y se empezó a revolcar en el lodo al mismo tiempo que yo le lanzaba a Elena lodo en todo su cuerpo. Las carcajadas se hicieron más fuertes, atrayendo a algunos niños que se acercaron a nosotros. Creo que nunca había visto a tantos niños fuera de sus casas desde los inicios de esta epidemia. Todo parecía normal, como si su infancia no hubiera sido arrebatada. Hicimos equipos y comenzó una guerra de lodo y agua. Éramos cuatro contra cuatro. Todos se reían y se tiraban al suelo, como si fuera una verdadera guerra. Pasamos alrededor de una hora jugando. Todos los niños estaban agotados. Elena tomó la manguera y les quitó a todos el lodo como le fue posible. Los niños nos dieron abrazos y se fueron a sus respectivas casas.

Me senté en las escaleras de la entrada, mientras que Elena tomaba la manguera y se quitaba el lodo de su cabello. Riley seguía jugando, sabía con certeza que tendría que bañarlo antes de entrar, pero se estaba divirtiendo. Había pasado mucho tiempo desde que no me divertía así. Estaba tan hundido en mis pensamientos que no noté cuando Elena se sentó a mi lado. Su cabello estaba empapado y sus shorts y sudadera estaban cubiertos de lodo. Me sonrió y soltó un largo suspiro. Intentando hacer un chongo con su largo cabello comenzó a reír sin motivo alguno.

—¿Qué es tan gracioso, Elena?

—No lo sé. Simplemente tenía muchísimo tiempo sin divertirme de esta forma. Reír y ensuciarnos con el lodo es cosa de niños, pero me hizo recordar lo buena que era la vida antes de este desastre —me volteó a ver y sus profundos ojos azules se iluminaron.

—Pues pienso lo mismo. Sacar a nuestro niño interno no es nada malo —le sonreí y me sonrió de nuevo.

—Sí, tienes razón, Tom —me guiñó un ojo y optó por hacerse mejor una trenza.

—Entonces, ¿estoy perdonado?

—¿Por qué crees que ya te perdonaría? —alzó una ceja.

—Porque ya me dijiste Tom. Si estuvieras enojada, me hubieras llamado por mi nombre completo —le guiñé un ojo.

Elena simplemente se empezó a reír y me volteó los ojos. Le volví a sonreír y me levanté para dar un baño a Riley. Pese a limpiar el lodo, se requería más que simple agua para quitarle tanta suciedad. Como si me hubiese leído la mente, Elena se encontraba a mi lado con una botella de champú y algunas toallas en su otra mano. Empezamos a bañar a Riley. Elena dio un largo suspiro.

—¿Todo bien?

—¿Tú qué crees, Tom?

—Mira, si es por tu hermano, estará bien. Michael lo cuidará, así que tranquila.

—A veces creo que te haces el tonto. Y no, Tom, me refiero a lo de ayer —se empezó a ruborizar.

Cuando ella misma notó su rubor, puso su mejor cara de seriedad.

—Verás, Elena, lo de ayer... fue algo así como un impulso, te prometo que no volverá a pasar. Y no es porque sea malo ni nada, pero simplemente te veo como una amiga. Si ya no quieres ser mi amiga porque yo no quiero llegar a algo más, lo entenderé.

Se quedó callada y siguió lavando a Riley. Lo que menos quería era forzar la amistad, por lo que tomé su silencio como un "hasta aquí entre nosotros".

—Lo entiendo, sí. De todos modos, no fue para tanto...

Tomó una de las toallas y comenzó a secar a Riley. Yo tomé la otra toalla y sequé la otra parte de su cuerpo. Riley se sacudió y terminamos otra vez empapados. Elena me golpeó con un hombro, tomando las toallas y el champú del suelo. Le sonreí y cargué a Riley para que no se manchara de lodo de nuevo. Elena me dejó abierta la puerta corrediza, así que dejé a Riley en el suelo y éste salió corriendo al sillón de la sala.

El sillón, algo gastado por los años, de color negro brillante (pero a la vez opaco) y lleno de lodo, parecía el lugar más cómodo del mundo. Limpié la tierra del sillón y acomodé la sala de otro modo; la televisión, que rara vez usábamos, la puse ladeada entre las dos paredes; el sillón negro estaba exactamente enfrente de la televisión y la mecedora enfrente de la ventana. Ahora sí parecía un lugar más acogedor, menos juvenil, pero más espacioso. Elena entró a la sala con cara de asombro mientras se secaba su cabello con una toalla. Se enredó la toalla en la cabeza y se sentó en la silla mecedora. Los pantalones sueltos y una sudadera que decía "No te metas conmigo" hacían que te voltearas a verla sin pensarlo dos veces.

—No encontré otra cosa que ponerme, así que no me mires extraño —frunció el ceño, ofreciéndome una de sus sonrisas.

—Nunca te miraría extraño, simplemente es graciosa tu sudadera —le guiñé un ojo y me senté en el suelo al lado de ella.

—Tom, no es por nada, pero apestas. Deberías darte un baño antes de que contamines más el ambiente con tu hedor —empezó a carcajearse, meciéndose en la silla.

—Jajá, qué graciosa, Elena. Te tomo la palabra, me daré un baño —me levanté, le di un beso en la mejilla para hacerla enojar y me dio un golpe en el estómago como respuesta.

—Eres un asqueroso, Tom. Oh, y gracias por limpiar toda la casa.

Le guiñé un ojo y salí rumbo a mi cuarto para darme un baño. Preparé unos pantalones algo sueltos y una camiseta en V negra. Pronto iba a tener que ir a lavar la ropa o simplemente encontrar nueva. Por el momento, lo que tenía era más que suficiente para las pocas veces que salía de la casa.

Me duché rápidamente, me puse la ropa y me asomé a la ventana. El sol ya se estaba poniendo. El reloj a un lado de la cama marcaba las cinco y media, así que Drew y Michael no deberían tardar mucho en llegar. Salí de mi cuarto. Riley corría a los pies de Elena. Ella había puesto la vieja radio y bailaba al compás de la música que escuchaba. Parecía estar demasiado alegre. Además, estaba cocinando algo que olía delicioso. No notó mi presencia, por lo que siguió bailando y cocinando. Cuando no pude más, me reí lo más bajo posible, pero ella se dio cuenta de que la estaba observando.

—¿Te gusta espiar a la gente, Tom?

—No, es divertido verte bailar, sólo que no tienes el suficiente ritmo —me sentía engreído, pero hacerla enojar era una de mis especialidades.

—Muy gracioso. Seguro que tienes dos pies izquierdos, así que déjate de tonterías y pon la mesa que Drew y Michael no tardarán en llegar y quiero que la comida esté lista para cuando estén aquí.

Me volteó los ojos y siguió cocinando. La música cambió a una balada romántica de jazz del que ya no se escucha en nuestros días, así que la tomé de la cintura y, sin renegar, colocó sus manos en mi cuello. Comenzamos a bailar al compás de la canción como si de una sola persona se tratara, el mismo ritmo, los mismos latidos. Estaba todo tan sincronizado que algo en mí empezó a brotar. ¿Amor? Imposible, es mi mejor amiga.

En cuanto terminó la canción, le besé la frente y le agradecí el baile. Elena solamente se quedó callada, no torció los ojos ni comentó nada, sólo se volteó para seguir haciendo la cena. Me dispuse a poner los cubiertos y terminar de acomodar la mesa para la cena. Coloqué las sillas en su lugar, puse los manteles individuales e hice agua de naranja. Haber ido al supermercado tres días atrás había sido bueno ya que encontramos una buena ración de agua de sabor en sobres. Una bebida excelente después de un día agotador. Elena había preparado una especie de sopa de verduras. El olor era tan fuerte y, a la vez, tan delicioso que se me hacía agua la boca. Unos minutos después de tener la mesa lista, Elena se sentó a mi lado y dejó la sopa aún en la estufa.

—Por favor, Elena, no me tortures, me estoy muriendo de hambre. ¿Podemos comenzar a comer sin ellos?

—Tom, no seas bebé, no tardarán en llegar. Esperar algunos minutos más no será la causa de tu muerte —me dio un golpe en el hombro y se burló de mi sufrimiento.

—Creo que tienes algo con mi hombro bueno. Parece que quieras que se quede igual de lastimado que el otro —le fruncí el ceño tratando de no sonreír y me volvió a golpear en el mismo lugar.

—Cállate y deja de quejarte.

—Oye, no es mi culpa que tengas la mano pesada —la golpeé ahora en su hombro.

—No hiciste eso —comenzó a reír y golpearme en la cabeza.

Riley salió corriendo de la cocina y le ladró a la puerta, lo que me indicó que algo no estaba bien. Le tapé la boca a Elena y le hice señas con una mano para que guardara silencio. Me acerqué a la puerta y Riley se hizo a un lado. Al momento de abrir la puerta, fui empujado y caí al suelo. Traté de golpear al culpable de mi caída pero, cuando observé mejor, vi que se trataba de Drew y Michael.

Estaban llenos de raspones en la cara, el cabello alborotado y la ropa llena de tierra. Drew ya no traía su mochila. Se tiraron al suelo inhalando y exhalando muy rápido. Me levanté y cerré la puerta tratando de no hacer mucho ruido. Elena llegó corriendo a la entrada de la casa y, cuando vio a su hermano en el suelo, sus ojos se tornaron cristalinos y sus lágrimas comenzaron a brotar. Se puso de rodillas y abrazó a su hermano para impedir que viera su llanto.

—¿Qué demonios sucedió? Parece que un camión les pasó por encima.

—Deja que tomemos aire y les explicaremos en un momento.

Drew estaba abrazando a su hermana pero cuando dijo esas palabras se notaba que tenía un nudo en su garganta.

—Pues, ¿cómo lo digo sin que suene patético? —Michael se levantó del suelo y se sentó en el sillón con las manos en la cara.

—¿Tan estúpida es su aventura que podría sonar patética? —me empecé a reír cuando tomé asiento a un lado de Michael.

—No es patética. Va más allá de eso, Thomas.

Michael sonaba demasiado serio. Sí que debía ser importante. Drew se levantó y se sentó en la silla mecedora, mientras Elena fue corriendo a por el estuche de primeros auxilios. Michael y Drew estuvieron en silencio una eternidad y no quitaban los ojos del suelo. Sea lo que hubiera sucedido, no era nada bueno.

Cuando Elena entró a la sala con agua destilada y algunos algodones, los dos soltaron un suspiro. Elena comenzó limpiando el rostro de Drew. Por la cara de dolor que tenía, sabía que ardía demasiado. Cuando llegó el turno de Michael, él se negó a que alguien más cuidara de él, así que tomó el algodón y el agua destilada y se fue al baño para limpiarse. Elena estaba aún limpiando a Drew cuando Michael se volvió a sentar a mi lado con una bolsa de verduras congeladas en un ojo. Todos lo miramos extrañamente y nos comenzamos a reír.

—¿Qué? No había un filete —dijo Michael entre carcajadas, mientras se colocaba nuevamente la bolsa de verduras congeladas en su ojo derecho.

—Son unos idiotas, me tienen con los nervios de punta. Díganme antes de que me dé un paro cardíaco, ¿qué demonios les sucedió?

Elena sonaba preocupada pero la sonrisa en su rostro por lo patética que podría ser su aventura cambiaba su actitud.

—De acuerdo. Deberías sentarte, hermanita.

Drew se levantó de la mecedora y comenzó a caminar en círculos frente a nosotros.

—Drew, sólo cálmate, ¿sí? Intentaré resumirlo de la mejor manera. La gente se volvió loca, nos dieron una paliza y regresamos corriendo. Fin —Michael nos dio su mejor sonrisa aún con su labio hinchado por algún golpe.

—Antes de que te vuelvas loca, Elena, es aún más complicado que eso. Tú, Thomas, creo que ya has escuchado que este desastre es aún más grande en las ciudades pero, según el gobierno, lo tienen todo bajo control. Pero aquí en las afueras la gente se está volviendo demasiado salvaje. Al parecer ya le tienen un nombre a este famoso virus: Danaus. Creo que eso ya lo sabías —Drew levantó una ceja, dándome a entender que yo sabía algo que ellos no.

—Para tu información, no tenía ni idea del nombre del virus. Es patético que le pongan nombre después de tanto tiempo, así que nunca dudes de mí si es algo relacionado con este desastre.

La razón por la que dudaba de mí después de haberlo apoyado desde el primer día, la desconozco. La rabia dentro de mí estaba creciendo. Michael puso una mano en mi hombro, indicándose que me relajara. Solté aire y Drew siguió hablando.

—No estoy dudando de ti. Simplemente, es curiosidad. Bueno, volviendo a la historia...

«Llegamos al hospital pero la gente no estaba en los cuartos como siempre. Avanzamos y los encontramos a todos reunidos en la sala de audiovisual. Como no queríamos interrumpir, entramos en silencio. Al parecer, la gente se estaba reuniendo para organizar una revolución contra el gobierno por no beneficiar a todos con las mismas medicinas. Ha muerto demasiada gente y la que queda ya no tiene comida ni agua. Para colmo, los enfermos se están volviendo más agresivos de lo que normalmente son. Y no sólo eso, todos llevan tatuajes de mariposas en sus muñecas para darle honor al inicio de la enfermedad, algo así como un homenaje. Esto se está saliendo de control más pronto de lo que se pensaba.

Nuestra zona es de las pocas afortunadas que aún tienen agua y electricidad. Ellos viven en la ruina completamente. Es un desastre allá afuera. Están pensando en venir a estas zonas para buscar víveres y un mejor lugar para vivir antes de ir en contra del gobierno. No sé por qué demonios lo están haciendo en secreto, pero cuando notaron que no éramos de su misma comunidad, nos persiguieron por horas. Nos escondimos en una de las casas abandonadas más próximas a la nuestra. Cuando nos encontró un pequeño grupo, nos golpearon. Nos defendimos lo mejor posible. Debo decir que si no hubiera sido por Michael, no estaríamos aquí. La gente está como loca porque después de cinco años todavía no han encontrado la cura a este virus. Los que aún están saludables cuidan a los enfermos a pesar de que es probable que se contagien. Pero están unidos, aunque hay más enfermos que saludables. No sé por qué los demonios no han encontrado todavía una cura a todo esto...».

Drew abría y cerraba los puños, estaba demasiado tenso como para calmarse. En esos momentos, tenía el mismo coraje que los de las afueras hacia su gobierno.

—Okey... Gente loca. Tatuajes raros. Al gobierno no le importamos. No hay cura. Fueron golpeados. ¿Está bien resumido o me falta algo? —Estaba tranquilo y hablar con sarcasmo en esos momentos me hacía sentir mejor.

—Sí, bastante bien resumido.

Drew seguía moviéndose por toda la sala. El estrés no le ayudaba mucho en esta situación. Elena estaba más pálida de lo habitual, parecía que estaba a punto de desmayarse.

—Okey, sí, lo comprendo todo, pero no sé por qué ustedes dos no vinieron en el instante que escucharon sus planes. ¡Son unos idiotas!

La furia de Elena evitaba que entrara en estado de shock por la preocupación o el estrés, así que Drew nada más la abrazó y la consoló lo mejor que pudo. Michael seguía con las manos en la cara sin decir ningún otro comentario.

Para calmarnos a todos, me dirigí a la cocina y empecé a servir los platos de sopa en la mesa. Le puse comida a Riley, pero ni él parecía tener apetito ya que se quedó recostado en el sillón junto con Michael. Les avisé que se sentaran a comer. Elena se puso a mi lado en la cocina para acelerar el proceso de servir la sopa y el agua.

La hora de la cena transcurrió en completo silencio. De vez en cuando, Michael y Drew se quejaban de algún dolor pero no querían darle mucha importancia, así que simplemente decían que estaban bien y continuaban comiendo. La sopa de verduras fue un éxito. O fue el hambre. O bien las dos. Fuera lo que fuera todos se terminaron su comida.

Elena trajo algunos analgésicos y limpió sus heridas, aunque se rehusaban a necesitar ayuda.

Elena recogió la mesa y se encargó de la limpieza de la cocina. Michael se metió en su cuarto sin decir una palabra y Drew se sentó en la mecedora. Pensé que ayudar a Elena sería bueno, pero terminó rápido y no pidió ayuda. Ni siquiera levantó la mirada a la hora de limpiar la cocina, simplemente se secó las manos y le dio un abrazo a su hermano antes de darme un abrazo.

—Tom, no es por sonar como niña chiquita, pero ¿dejarías dormir conmigo a Riley hoy? No me quiero sentir sola.

—Eres un bebé, Elena. Pero sí, adelante. Que descansen.

Riley meneó mucho la cola y se fue detrás de Elena. Drew parecía ido mirando la ventana, meciéndose hacia adelante y atrás. No hablaba ni volteaba a verme. Me acerqué y le toqué el hombro.

—Hey, amigo, ¿estás bien...?

—Thomas, no quiero que te metas en mis asuntos, ¿de acuerdo? No necesito tu compasión. Sólo déjame tranquilo esta noche.

Se levantó y se metió en su cuarto sin voltear a verme. Pensé que darle unas palabras de aliento lo calmaría, pero sólo empeoré lo que fuera que tuviera Drew.

Me senté en la mecedora y me perdí en mis pensamientos, mirando cómo las luces de la calle parpadeaban y se apagaban a los pocos minutos. Nuestra seguridad estaba en peligro y el plan se estaba yendo a la basura; tenía que pensar en algo antes de que Drew hiciera una estupidez y Elena saliera perjudicada.

Escuché pasos que venían del pasillo. Voltearme a verificar quién era haría que perdiera la concentración. De repente, sentí un aire caliente en mi oreja izquierda. Cuando volteé, Michael dio un grito, haciéndome brincar de la silla y terminar en el suelo. Michael estaba retorciéndose en el suelo, carcajeándose por haberme asustado.

—Oh, dios mío, Thomas, debiste haber visto tu cara, era para una fotografía. ¿Por qué debemos vivir como miserables y no tener una cámara? Podría haberme hecho famoso —decía Michael entre carcajadas.

—Michael, eres un idiota —le fruncí el ceño pero con una sonrisa en el rostro.

—Lo sé, pero sin mis idioteces te aburrirás demasiado — me guiñó un ojo y me ayudó a levantarme del suelo.

—Creo que tienes razón. Y a todo esto, ¿no te ibas a dormir porque sentías que un camión te había atropellado?

Le golpeé el hombro para dirigirme al sillón y sentarme antes de recurrir a la violencia y tumbarlo en el suelo.

—Estuve unos cinco minutos acostado mirando el techo pero me aburrí. Supuse que tenías insomnio, así que fui a tu habitación para golpearte, pero no estabas. Así que recurrí al plan B y aquí me tienes —se sentó a mi lado y comenzó a silbar.

—Sí, gracias por el susto. A todo esto, tú no me diste tu punto de vista sobre la aventura. Sé que muchas veces Drew exagera las cosas, así que, ¿qué demonios sucedió exactamente, Michael?

Lo volteé a ver pero él estaba perdido mirando un punto de la pared sin parpadear.

—Si te dijera que todo lo que dijo es cierto, no me creerías. Thomas, horror es poco para definir lo que se encuentra a las afueras de aquí. La gente está salvajemente inestable, no sé qué demonios estamos esperando para largarnos de aquí y no volver a mirar atrás.

—Michael, cálmate, amigo, en unos días todo volverá a la normalidad. Sólo tenemos que ignorar sus amenazas y mantener la guardia en alto, es todo.

—No lo es todo, Thomas. Esa gente asesinará a quien se le atraviese sólo para vengarse. No les importará que no nos metamos con ellos. Si quieren una casa y provisiones, nos matarán sin pensarlo dos veces.

—Nos defenderemos, cueste lo que cueste.

—No es cuestión de defendernos, son demasiado peligrosos. Si en verdad te interesa tu futuro, no debemos quedarnos aquí. Y si crees que es por los buenos recuerdos de este lugar, estás muy equivocado, no vale la pena el pasado. A mí me sucedió, mortificarme por lo que pude haber hecho no me sirve de nada. Es momento de tomar una decisión antes de que algo grave nos suceda.

Michael se levantó del sillón sin decir una palabra más y se metió a su habitación dando un portazo que podría haber despertado a cualquiera.

Una simple decisión podía cambiar todo radicalmente, pero no era mi opinión la que contaba. Elena y Drew debían tomar esa decisión y nuestro deber era apoyarlos. Era cuestión de no meternos hasta que ellos supieran qué hacer con ese majestuoso desastre.

Me levanté, tomé la cobija del sillón y me metí a mi cuarto para recordarme que estábamos juntos en esto y que ya no importaba el pasado. Debíamos tomar una decisión al día siguiente, pensando en nuestro futuro y en nuestro bienestar. Teníamos que estar juntos en esta situación.

Y con esos últimos pensamientos, me dormí con la imagen de una revolución que se acercaba y con esa pequeña familia con tatuajes de mariposas.

Tarde o temprano, la enfermedad nos llegaría.

Capítulo 5

Algún día me lo agradecerás

Fue una noche tan silenciosa y tranquila que el sonido del viento entrando por la ventana no se distinguía fácilmente de mi pausada respiración. Riley no duró mucho en el cuarto de Elena y terminó regresando conmigo. No pude dormir por sus fuertes ronquidos, los cuales aplacaban el profundo silencio incómodo de la habitación. Pasaron infinidad de ideas por mi cabeza. Le di la vuelta a la cama un millón de veces. Lo único de lo que tenía absoluta certeza era que teníamos que huir de aquí. A las personas salvajes no se les ablandara el corazón ni nos dejarían en paz. Además, la casa estaba en excelentes condiciones, mucho mejor que la mayoría del pueblo. Sabía que los recuerdos que guardaban estas paredes eran tanto alegres y emocionantes como agridulces y tristes. Michael tenía razón; si queríamos vivir más de la cuenta, teníamos que irnos lo más pronto posible. También sabía que Drew y Elena no lo tomarían nada bien, pero era por nuestro bienestar. Cómo sabía que tomar decisiones en momentos estresantes no es nada bueno, mejor olvidaría el problema durante unos días. Era preferible.

Continué despierto alrededor de una hora más. Riley terminó roncando aún más fuerte con su cabeza en mi almohada y quitándome la mitad de la cobija. Mi única alternativa fue taparlo completamente, tomar una cobija azul oscura que se encontraba en los pies de la cama y salir de la habitación lo más callado posible. Abrí la puerta intentando evitar el chirrido constante que hace y, milagrosamente, lo conseguí. Salí dejando la puerta abierta. El piso se sentía congelado y, a pesar de usar calcetines para dormir, el frío traspasaba la lana caliente. Traté de caminar de puntillas por todo el pasillo hasta que entré a la sala y me paré frente a la enorme ventana que daba a la calle principal. Algunas casas parecían abandonadas. En otras, pequeñas luces parpadeaban y se veía cómo algunas familias seguían despiertas, alegrándose la noche con risas inesperadas. Para ser de los pocos pueblos de Vancouver que no están resguardados por el gobierno, se veía mucho más seguro y tranquilo que allá dentro. En la ciudad, la gente aparenta estar tranquila por temor a cometer un error y terminar siendo castigados por la policía. Aquí podían ser libres y vivir tranquilamente, pese al temor por la enfermedad que aún no tenía cura. Mientras algunas luces se iban apagando en la calle, unos pasos atrás de mí me hicieron salir de mis pensamientos. Cuando volteé, Elena venía entrando a la sala con un chongo despeinado y frotándose los ojos. Vestía un pantalón de pijama rosa y una sudadera negra sin ninguna frase chistosa de las que acostumbraba ella.

—¿Qué demonios haces despierto a esta hora, Tom? Son pasadas las tres de la madrugada —murmuraba Elena bostezando, acercándose a mi lado.

—Se me dificulta dormir —le sonreí y la abracé, acomodando la cobija alrededor de nosotros.

—¿Pesadillas de nuevo? —me abrazó por la cintura y soltó un suspiro que parecía que me indicaba su preocupación.

—No, el insomnio me impidió tener algún sueño o pesadilla esta noche —le besé la frente y la abracé por debajo de la enorme cobija.

—Sabes que cuentas conmigo para lo que sea, Tom.

—Lo sé, Elena, y gracias por preocuparte, pero no tengo nada, simplemente no podía dormir.

La abracé aún más fuerte y así nos quedamos algunos momentos hasta que vi que estaba cerrando los ojos al punto de quedarse dormida de pie. Nos sentamos en el sillón y Elena acomodó su cuerpo encima de mí usándome como una almohada humana. A los pocos minutos de acomodarnos en el sillón, Elena se quedó dormida completamente. Con sus respiraciones pausadas me quedé dormido poco tiempo después que ella.

Muchas veces nos dormimos con el sentido del oído despierto, especialmente cuando sabes que cualquier momento es peligroso. Y más aún en una noche tan oscura como ésa. Y aquella noche no fue la excepción. Se escuchaban algunos pasos e intentar no pensar ni hacer nada era difícil. Moví un poco a Elena para acomodarla al otro lado del sillón. Descubrí que su sueño es más pesado de lo que podía imaginar. Sólo se quejó un poco y volvió a dormir.

Los pasos venían del pasillo. Me levanté, dirigiéndome al lugar donde se escuchaban y, de repente, una sombra de estatura mediana apareció frente a mí iluminandome con una pequeña lámpara de mano. Me cegó por un momento cubriéndome la cara por instinto. Cuando recuperé la vista, vi que esta figura mediana no era nada más ni nada menos que Drew con una pequeña maleta colgando de su hombro.

—¿Qué demonios crees que haces apareciendo así de la nada, Thomas? —me gruñó en voz baja.

—La misma pregunta va para ti, Drew.

Lo miré a los ojos y parecía enojado. Además, parecía más asustado de lo normal.

—Se supone que deberías estar dormido, son pasadas las cinco de la mañana.

—No podía dormir y me vine a la sala. Me quedé dormido en el sillón con Elena.

—¿Dormiste con mi hermana en el sillón?

—Sí, está roncando por allá —volteé al sillón señalando el cuerpo en coma de Elena.

—No la debes de despertar por nada del mundo. Simplemente tengo que irme, ¿de acuerdo?

—¿A qué se debe tanto misterio y salir a hurtadillas de la casa a las cinco de la mañana, Drew?

—Ahora mi voz era la que sonaba enojada y con curiosidad.

—No te importa lo que haga, sólo no la despiertes. Y si despierta cuando no esté, sólo dile que regresaré más tarde.

—¿Y más tarde incluye que te vayas con una maleta llena de ropa?

—No eres nadie para decirme qué hacer, sólo me iré y regresaré más tarde.

Drew empezaba a dirigirse a la puerta cuando el sillón empezó a rechinar.

—¿Irte a dónde, Drew? —Elena había despertado y, por el tono de su voz, había escuchado demasiado.

—A ningún lado, hermana, regreso más tarde. Vuelve a dormir.

Drew intentó sonar lo más tranquilo posible pero, por su mirada, sabía que algo no iba bien.

—Piensas abandonarme, ¿cierto? —tiró la cobija al suelo y se puso delante de Drew con sus ojos llenos de lágrimas.

—Nunca te abandonaría y lo sabes, simplemente tengo que irme a arreglar unos asuntos pendientes.

Le rodeó los hombros con sus brazos, pero Elena se apartó inmediatamente.

—¿Me crees tonta o qué, Drew? ¿Crees que no sé que te irás con los salvajes? Desde que llegaste, te expresaste muy bien de ellos. Eso sí que no lo esperaba de ti.

Elena alzó la voz y empezó a dar vueltas por la sala. Encendió las luces y miró con furia a Drew.

—No lo entiendes, lo hago por nuestro bienestar. Ellos no me importan en lo más mínimo, tú eres mi prioridad, eres la única familia que me queda.

—Eres un idiota, ¿lo sabías? Ellos se convirtieron en nuestra familia en el momento que pusieron un pie en esta casa y nos han apoyado desde entonces, ¡pero tú a la primera señal de peligro quieres correr con los enemigos! ¡Sólo un idiota haría eso! —Elena estaba explotando de coraje y su grito fue tan fuerte que Michael y Riley entraron en el segundo que dejó de gritarle a Drew.

—Amigos, no es por nada, pero sus gritos no me dejan dormir. ¿Todo en orden?

Michael entró soltando una pequeña carcajada pero cuando sintió la tensión entre ellos dos, guardó silencio.

—Simplemente no sé por qué te pones así, Elena. Son sólo conocidos, gente que vive con nosotros y ya. ¿O acaso no crees que es demasiado extraño todo lo malo que nos ha sucedido desde que Thomas llegó? No es una simple coincidencia, él es el mayor de todos nuestros problemas. No los puedes considerar familia. Mamá murió y tú tienes una crisis emocional. Thomas y Michael sólo están aquí estorbando.

—Retráctate en este instante, Andrew. Ellos lo son todo para mí, son mis amigos y hermanos. Algo que tú dejaste de ser hace mucho tiempo.

—No diré nada que no sea cierto. Cambiaste en el instante en que salvaste a Thomas. Cuando llegó Michael, ocurrió tu cambio más radical. Ni tú eres la misma, ni yo soy el mismo. Haré lo que tenga que hacer por nuestro bienestar.

Elena se quedó callada durante un largo rato, mientras que Drew inhalaba y exhalaba fuertemente. El enojo de ambos se notaba en el aire y Michael y yo no podíamos decir o hacer absolutamente nada. Era un problema de hermanos y decir algo podría haber empeorado todo. Michael me miró con un poco de asombro en sus ojos y yo sólo asentí con la cabeza. No podía creer que después de todo lo que habíamos hecho por él, creyera que somos unos inútiles.

Gracias a nosotros aún seguimos con vida. Él había sido un estorbo en todos mis planes pero esos pensamientos mejor me los quedaba para mí mismo.

—Andrew Moore, o escoges a esta familia que no aceptas del todo o no quiero volver a saber de ti en mi vida. Yo sí los considero mi familia. Ellos han estado siempre para nosotros. Gracias a ellos estamos donde estamos. Decir esa clase de idioteces es de una persona sin sentido común. Espero de todo corazón que tus siguientes palabras las escojas con mucha delicadeza y sean las que yo quiero escuchar, y no las estupideces que ya me estoy acostumbrando a escuchar salir de tu boca.

Después de eso, Elena simplemente se quedó callada y de sus ojos empezaron a brotar algunas lágrimas de coraje.

—Decir mi nombre completo no trae cosas buenas, ¿cierto?

—Amigo, creo que le debes otras palabras a tu hermana.

Michael movía la cabeza de un lado a otro en señal de desaprobación, mientras que yo por dentro moría de ganas de darle un puñetazo a Drew y abrazar a Elena hasta que su coraje se le pasara.

—Algún día me lo agradecerás, hermanita.

Y esa fue mi señal para desahogarme. Le di un puñetazo tan fuerte en la cara a Drew que hizo que cayera al suelo. Me lancé hacia él para volverlo a golpear, pero Michael me tiró hacia atrás para evitarlo.

—Michael, suéltame. Se lo merece. Es un idiota, seguramente sus neuronas están dañadas y, tal vez, unos golpes lo regresen a la normalidad.

Empecé a reír de mi chiste sin sentido pero, cuando miré a Elena con sus ojos idos, se me destrozó aún más el corazón.

—Tom, cálmate, ¿sí? En cuanto a ti, Andrew, espero que encuentres todo lo que quieres encontrar. No quiero volver a verte en mi vida.

Elena tomó la mochila de Drew y se la tiró a la cara. Drew comenzó a levantarse del suelo y, con una última mirada de tristeza, salió sin volver a mirar atrás. En el instante en que la puerta se volvió a cerrar, Elena cayó al suelo de rodillas y comenzó a llorar tanto como la vez que lloró la muerte de su madre. Hoy no había sido la muerte la que le destrozó el corazón, fue la traición de su hermano. Michael se puso de rodillas a su lado y la abrazó. Riley le empezó a besar la cara. Yo sólo me quedé mirándolos. Ellos eran mi familia, no necesitábamos de nadie más para seguir adelante. Drew nos dejó por sus motivos pero, a pesar de todo, nosotros estábamos juntos en todo ese desastre. Me arrodillé con ellos y nos abrazamos hasta que las lágrimas de Elena dejaron de brotar.

Al poco rato, ella simplemente se puso de pie, nos dio las gracias y se metió a su habitación sin decir ninguna otra palabra. Michael seguía en shock. Mi ira no la podía controlar estando encerrado, así que, para tranquilizarme y desahogar un poco mi coraje, me dirigí al cuarto de Drew. Todas sus cosas personales no estaban. Su cama estaba arreglada, su clóset vacío y los marcos de las fotos también vacíos. Se había marchado para no regresar. Regresé a la cocina, tomé varias bolsas negras y volví al cuarto de Drew. Tomé el resto de las cosas que había dejado en su habitación. Tenía que deshacer un poco el dolor que sentíamos. Ver sus cosas haría que lo recordáramos. Recordar al que no nos consideró su familia, al que dijo que éramos un estorbo y al que dejó a su hermana a un lado. Llené algunas de las bolsas con las cosas que había alrededor. También quité la colcha de la cama y la guardé en el clóset. No quería que hubiera cosas que pudieran recordarle a Elena a su hermano. Buscaba reducir un poco el dolor de la traición.

—¿Qué estás haciendo, Thomas?

Me sorprendió escuchar la voz de Michael. Cuando volteé, tenía una bolsa negra en sus manos.

—Creo que te gané con la idea, Michael —me sonrió y continuamos limpiando el cuarto un rato más.

Intentamos desaparecer todo aquel recuerdo de Drew en la casa. Evitamos buscar a Elena y ni siquiera le preguntamos si estaba de acuerdo con nuestra decisión sobre deshacernos de todas las cosas de Drew. Verla sufrir era lo peor que podíamos sentir. Para nosotros era nuestra hermana y nuestra mejor amiga, a la cual no podíamos dejar a un lado. Al momento de llevarnos las dos bolsas negras gigantes llenas de cosas, Elena salió de su cuarto limpiándose algunas lágrimas que le quedaban y con la cara muy roja y un poco somnolienta; debió de haberse quedado dormida.

—Chicos, estoy que me muero de hambre y la comida no tardará en echar a perder, así que comeremos hasta hartarnos.

Pasó las siguientes horas cocinando todo lo que encontró. Como adultos jóvenes en crecimiento, nos comimos todo sin queja alguna. Nos sentamos en la sala, nos abrigamos con la misma cobija y nos quedamos dormidos los tres juntos en ese viejo sillón negro.

Capítulo 6

No hay que agradecer

Durante horas no nos movimos del cómodo sillón viejo, prefiriendo hablar de cosas sin sentido, de las metas que teníamos, de nuestros anhelos y de cómo podría ser el mundo sin este desastre de epidemia. Michael tenía una de las teorías más tontas que alguien pudiera tener. A Elena y a mí nos daba risa cómo profundizaba en ella.

—Escúchenme, amigos, el apocalipsis zombi estaba a la vuelta de la esquina, pero tuvieron que llegar estas estúpidas mariposas con su estúpida enfermedad. Desde la perspectiva de las enfermedades estúpidas, los zombis tienen más sentido.

Michael lo decía con tanto orgullo que estuve a punto, pero sólo a punto, de creerme su teoría.

—No puedo creer que seas de las pocas personas que crean que eso pueda existir. No tiene sentido alguno, Michael. Piénsalo bien, en serio: ¿muertos vivientes comiendo cerebros? Para mí es sólo producto de la imaginación de alguien muy idiota —Elena rió a carcajadas cuando le llevé la contraria a Michael.

Con Riley en el suelo y Elena a un lado rascándole la panza, todo era muy parecido a la normalidad, donde no había gente loca tratando de asesinarnos, ni una estúpida enfermedad que te pudiese matar. Casi parecíamos amigos normales.

—Elena, cállate. Thomas, tienes que darnos tu opinión. El apocalipsis zombi es de lo más obvio que podría haber pasado, de modo que: ¡Oh, gran Thomas, ilumínanos con tus ideas sobre un mundo alterno a esta tontería que llamamos vida!

—Eres un tonto con mucha imaginación, Michael, pero sí, no es una casualidad que antes de todo esto se hablara tanto de los zombis. Lo más obvio para mí también es que el apocalipsis zombi iba a comenzar tarde o temprano —sonreí a Elena mostrándole todos mis dientes.

—Maduren ya, chicos.

Ella simplemente puso sus ojos en blanco y siguió rascándole la panza a Riley. Sonaba tensa y muy seria.

Se podría decir que las cosas habían regresado a la normalidad. Sí, sólo había pasado un día y no había mucha diferencia, pero evitar el tema de Drew con Elena era lo mejor para evitar lastimarla más de lo que estaba.

Decidimos salir a tomar aire fresco. Tomamos algunas mantas y las extendemos en el césped.

Michael y Elena decidieron jugar al póker apostando los dulces que tenía escondidos Michael debajo de su colchón. A mí no me llamó la atención apostar dulces y jugar a las cartas, así que robé un puñado de éstos y fui a mi habitación. Estar en un lugar sin hacer nada me ponía los nervios de punta, y más si no sabía bien qué hacer con el tema de Drew. Para despejar las ideas que revoloteaban en mi mente, tomé una sudadera algo desgastada del suelo de mi habitación, las zapatillas para correr y la correa de Riley. Arranqué una hoja del cuaderno de mi mesa de noche y escribí rápidamente: "Fui a correr, regreso más tarde". Dejé la nota en la mesa de la cocina y salí con Riley atrás de mí por la puerta principal.

Le coloqué la correa a Riley. Por los brincos que daba y sus movimientos de cola, se notaba que había pasado mucho tiempo desde la última vez que habíamos salido a correr. Para calentar, estiré un poco las piernas y di algunos brincos. Cuando sentí que mis músculos estaban menos tensos, comencé a trotar con Riley a mi lado.

Mientras pasábamos por las calles, noté que había poca gente fuera de sus casas. Algunos usaban la mascarilla requerida y otros ya se habían dado por vencidos y no la usaban. Personalmente, la consideraba un estorbo y no usarla no era mal visto en las afueras. Algunos me miraban raro, pero lo que menos me importaba era la opinión de la gente sobre mi salud, la cual estaba en mejores condiciones que la de ellos. Sí, pensaba egoístamente, pero tomarme las opiniones muy a pecho sólo gastaba mi energía, la cual podía utilizar en otras actividades en vez de mortificarme queriendo estar bien con la sociedad. Si tuviera que quedar bien con alguien, sería conmigo mismo, mi hermano, Riley, y con Michael y Elena. No podía creer cómo habíamos pasado de ser unos desconocidos a ser inseparables. Se habían convertido en mi segunda familia. Sólo mirábamos por nosotros sin importar la opinión de nadie más. Mis pensamientos iban más allá de una simple preocupación por nuestra seguridad en esos momentos. Había pasado mucho tiempo desde que había llegado allí y no le había prestado atención al plan original.

Mis pisadas se escuchaban con un eco en la lejanía. Cuando en una calle di vuelta hacia la derecha, observé gran cantidad de humo negro en el cielo. Algo se estaba quemando, parecía una fogata gigante. Un edificio de departamentos ardía en llamas. Aceleré mi paso y, al acercarnos, observé que mucha gente seguía saliendo del edificio. Una pareja de ancianos pedía ayuda, pero todo el mundo los ignoraba.

—¡¿Todo bien, señores?! —alcé un poco la voz para que me escucharan.

—¡Nuestra nieta se quedó adentro, no ha salido y estamos preocupados! ¡Por favor, sálvala! No se necesitaron más palabras. En el momento en que me lo dijeron, me dirigí a toda prisa al interior del edificio. Escuchaba a gente que me decía que no entrara, pero la vida de alguien corría peligro. Riley corrió frente a mí, entrando a los cuartos lo más rápido que podíamos.

—¿Hay alguien aquí?

El humo provocaba que tosiera cada vez que decía algo. Seguía moviéndome por los cuartos cuando escuché un pequeño grito de auxilio.

Riley comenzó a ladrar delante de una puerta cerrada. Tomando toda la energía que me quedaba, le di una patada a la puerta que se abrió inmediatamente. El humo comenzó a entrar rápidamente al departamento. Se escuchaban sollozos pero no había nadie alrededor. Riley salió disparado hacia la cocina y comenzó a rasguñar una puerta de las alacenas bajas de la misma. Acerqué mi oreja lo más cerca posible: los sollozos venían de allí. Abrí la puerta rápidamente. Una pequeña niña estaba llorando mientras se tapaba el rostro con un trapo mojado.

—Tranquila, pequeña, vengo a rescatarte. ¿Te encuentras bien?

—¿Es seguro salir? —su voz era tan angelical que podría haberla escuchado durante todo el día. Pero el tiempo corría y no faltaba mucho para que el edificio se desplomara.

—Sí. Ven conmigo, te sacaré de aquí...

Riley comenzó a ladrar. El techo se estaba desplomando y el fuego se encontraba en la mayor parte de la habitación. Tomé a la niña en brazos rápidamente, le coloqué de nuevo el trapo sobre su cara y comencé a correr. Riley iba frente a nosotros ladrando para guiarme con el sonido. El humo había nublado mi vista y sólo me quedaba el sentido del oído para guiarme.

Bajamos velozmente las escaleras. El humo en mis pulmones estaba siendo insoportable y toser no era una opción. La niña tomó parte del trapo y lo colocó en mi cara. Sus ojos grises y cristalinos me miraban. Riley se encontraba ya en la planta baja. Salí corriendo. En el momento exacto en que salí del edificio, éste se derrumbó completamente. El aire fresco y puro entró inmediatamente a mis pulmones, por lo que inhalar y exhalar resultaba mucho más fácil.

Entregué a la pequeña a sus abuelos, quienes la cubrieron de besos. Dando las gracias nos dieron unos cuantos besos a Riley y a mí.

—Elizabeth, ¿en qué estabas pensando? ¿Por qué te quedaste?

La pequeña sonrió y de su suéter sacó al pequeño gato naranja que maullaba medio dormido.

—Te debemos la vida entera, muchacho. Muchas gracias.

—No hay que agradecer —les sonreí y me dirigí de nuevo a casa.

El regreso a casa fue más rápido de lo que pensé, probablemente porque había tardado más de lo normal en ir o porque Riley sólo corrió de regreso y no me dejó recuperar el aliento. Al llegar, las ventanas seguían sucias. Seguramente a Michael se le había olvidado que le tocaba limpiar ese día. Sólo puse los ojos en blanco y abrí la puerta. La mesa estaba volteada, algunos platos rotos en el piso de la cocina, las cortinas rajadas y la puerta corrediza estaba abierta.

Me asomé al patio de atrás y encontré a Michael y Elena abrazados. No parecía correcto interrumpir, pero mi instinto me dijo que me tenía que burlar.

—¿Interrumpo algo, tortolitos?

Comencé a reír, pero cuando volteé, vi a Elena con los ojos llenos de lágrimas. Algo no estaba bien. De un salto Elena y Michael se levantaron y corrieron hacia la entrada donde me encontraba.

Lo primero que sentí fueron varios golpes en la cabeza, seguidos de un fuerte y cálido abrazo. Un abrazo cargado de preocupación y alivio. Después de unos largos segundos, me soltaron y suspiraron profundamente.

—¿Dónde has estado? Estábamos preocupados por ti —decía Elena suspirando.

—Les dejé una nota donde decía que me iba a correr con Riley. En el trayecto encontramos un edificio que se estaba quemando y salvamos a una niña y a su gato. Creo que por eso tardamos, ya que el regreso a casa fue muy rápido. No entiendo el porqué de su preocupación. Y ahora que recuerdo, la casa está hecha un desastre. ¿Qué sucedió exactamente?

—Como veo que no pones atención a los pequeños detalles, ésos que podrás observar en nuestros rostros, te lo tendré que explicar —Michael puso los ojos en blanco y se pasó la mano por el cabello.

Al hacer ese movimiento, noté el ojo hinchado casi morado y algunos rasguños en su mejilla. En cuanto despegué mi mirada de Michael y me concentré en Elena, me di cuenta del error de no haber puesto atención en esos pequeños detalles. Elena estaba llena de golpes en el rostro y su muñeca izquierda estaba vendada improvisadamente con una venda ya gastada y sucia. Michael tenía heridas en la cara y hematomas en los nudillos. Me acerqué lo más pronto posible a Elena y le tomé la muñeca. En el momento de querer revisar, soltó un gemido de dolor y apartó rápidamente la muñeca de mí. Sin decir nada más, se sentó en el suelo y cerró los ojos. Michael se sentó en las escaleras y soltó un largo suspiro.

—¿Qué demonios pasó aquí? —rugí en el momento que miré a los ojos llenos de lágrimas de Michael.

Sin derramar ni una, se limpió con la manga de su suéter gris y se puso muy derecho.

—Antes de que explotes y quieras gritar e ir a buscarlos para vengarte, déjame explicarte lo sucedido —sólo hizo un movimiento con las manos para que me calmara y prosiguió:

«Estábamos juntando las cosas que necesitábamos para limpiar, así que salí al patio por un balde de agua. Escuché mucho ruido dentro de la casa y pensé que Elena estaba peleando contigo o jugando con Riley, por lo que no le di mucha importancia. Pero cuando entré, Elena estaba en el suelo con la mesa rota a su alrededor y golpes por toda su cara. Frente a ella se encontraban dos tipos de estatura media y cuerpos llenos de esteroides. No parecieron sorprendidos al verme. Uno de ellos le dio una patada en las costillas a Elena, y fue ahí cuando me abalancé sobre ellos, comenzando a golpearlos a ambos lo más fuerte que pude. Uno me tomó por los brazos y me hizo caer al suelo, mientras que el otro me pateaba. Elena era lo único que me importaba, así que cuando levanté la vista para ver cómo se encontraba, vi que llegó con un sartén del tamaño de una pelota de fútbol americano y golpeó a uno directamente en el rostro, dándome el tiempo suficiente para levantarme y golpear al otro en la quijada. Mientras Elena los golpeaba con la sartén, yo los empujaba al jardín trasero. Sí, nos dieron lucha, pero al final conseguimos que se fueran».

Todo lo narró con tal ira en sus ojos que decirle que se calmara sólo hubiera provocado que me diera un golpe en la cara antes de terminar la oración. Elena solamente estaba viendo sus manos entrelazadas mientras estaba sentada en el pasto con las piernas cruzadas, recibiendo besos de Riley. Ira era poco lo que yo sentía. Lo único que pasaba por mi cabeza era ir a torturarlos y asesinarlos. Mi instinto salvaje no me dejaba pensar con claridad y, simplemente, me quedé mirando el suelo, abriendo y cerrando los puños. La ira me estaba comiendo por dentro. La única paz que sentí fue cuando unas pequeñas manos tomaron las mías y con su calor me calmaron... Pero ver los hematomas en sus manos me hizo arder más en coraje y sed de venganza.

—Tom, yo sé que quieres ir a vengarte, pero no seas idiota. No sabemos dónde están. Lo único que sabemos es que ellos saben quiénes somos y que algo quieren porque no nos mataron ni por comida ni por refugio. Y lo único más estúpido que ir a por ellos sería que nos quedáramos aquí. Nos tenemos que ir quieran o no porque, sinceramente, estoy harta de sus decisiones. Quiero tomar las riendas del asunto esta vez, ¿de acuerdo? Haremos ahora lo que yo diga.

Elena me dio un beso en la mejilla. También a Michael. Entró en la casa y cerró tras ella la puerta corrediza.

—Elena tiene razón, Thomas, tenemos que irnos. Lo último que quiero es volverme a topar con esos salvajes porque pienso que esta vez fue sólo suerte. No creo que una segunda vez con ellos sea igual o mejor que ésta, así que, honestamente, nos tenemos que largar esta misma noche. A empacar, que nos largamos sin discutir.

Capítulo 7

La fiesta continúa

Entonces estaba decidido, nos iríamos en la madrugada. Elena preparó porciones parejas de los alimentos restantes para los tres y un poco para Riley. Sólo llevamos la ropa necesaria, productos de higiene y recuerdos de la familia, pero sólo los más importantes. Estaba terminando de acomodar lo necesario que me iba a llevar, con la mochila en el suelo y Riley recostado en los pies de la cama, cuando escuché mucho ruido en el pasillo. Alguien estaba buscando algo que no encontraba.

—¡¿Dónde demonios lo dejé?

Era la voz de Elena, quejándose desde su habitación. Me acerqué a la puerta entreabierta y toqué. Elena estaba encima de su clóset buscando algo entre las cajas. Volteó ante mi intrusión y me fulminó con la mirada.

—¿Todo en orden, Elena?

—¿Crees que está todo bien, Tom, si estoy encima de este lugar lleno de polvo donde podría morir si me caigo? No te importo en lo más mínimo, ¿verdad?

Elena exageraba con su tono sarcástico. Empecé a avanzar hacia ella y, mientras movía unas cuantas cosas del suelo, se resbaló. No se alcanzó a agarrar de la barra de la ropa y la atrapé en cuanto cayó.

—Si no me importaras en lo más mínimo, ¿crees que te hubiera atrapado?

Intenté no reírme al decirle esto, así que, con sus brazos alrededor de mi cuello y su cuerpo temblando de miedo, la recosté en su cama.

Durante los pocos meses que llevaba viviendo aquí, nunca había entrado a su recámara. Las paredes blancas y rosas estaban llenas de fotografías de ella sonriendo y con su familia, así como cuadros pintados a mano con su pequeña firma irreconocible. La foto más grande, la que tenía en la cabecera de su cama, era la más viva de todas: su familia en la lejanía, en una parrillada, y ella en medio sonriendo de oreja a oreja, con sus brillantes ojos y sus mejillas sonrojadas. Felicidad pura. Mientras miraba las fotografías, Elena se me quedó mirando con los ojos muy abiertos. Su respiración entrecortada me indicó incomodidad, así que tomé la cobija doblada a los pies de la cama y la abrigué hasta el cuello como si fuera una niña pequeña. Le besé la frente y salí de la habitación. Me sentía su protector, como si fuera mi responsabilidad velar por ella. Regresé a mi habitación a terminar de empacar mis cosas. Riley ya estaba completamente dormido abarcando gran parte de la cama. Él sabía que no tenía corazón para despertarlo, así que terminé en silencio de empacar todo lo necesario para los dos. Tomé una cobija del sillón y, tratando de hacer el menor ruido posible, entré cerré la puerta. Escuché crujir el suelo de madera a mis espaldas, proveniente de alguno de los cuartos al final del largo pasillo de la casa. Empecé a caminar lentamente, cuidando cada uno de mis pasos para no delatarme con el ruido del suelo. Se escuchaba el ruido del viento entrando por las ventanas, los ronquidos profundos de Riley y a Elena rechinando los dientes, aunque siempre lo negase. Continué caminando lo más silencioso posible, pasando por la pequeña habitación que pertenecía a Michael, que estaba en completo silencio. Esto me pareció bastante raro ya que Michael siempre hace mucho ruido cuando duerme: ronca y habla dormido. Normalmente se escucha en toda la casa, pero ahora el silencio reinaba en la habitación. Empecé a abrir poco a poco la puerta. El rechinar de la puerta fue mínimo pero fácil de detectar. En cuanto pude asomarme, vi una pequeña luz parpadeando. Entré. Michael estaba viendo una vieja videocámara con lágrimas en los ojos sin percatarse de mi presencia. Caminé directamente hacia él. Estaba sentado en el suelo, en la esquina de la habitación a un lado de la ventana. Todo a su alrededor estaba lleno de papeles, fotos y una caja volcada con más cosas dentro de ésta.

—Michael, ¿qué está pasando aquí?

Intenté decirlo lo más lento y entendible posible para no asustarlo y despertar a Elena.

—Te habías tardado, Thomas. Ven, siéntate aquí a mi lado. No vas a creer lo que encontré entre las cosas que íbamos a tirar de Andrew.

Su mirada estaba perdida en las fotografías del suelo. Con cada paso que daba para acercarme a él, me fui dando cuenta de a qué se refería. Eran fotos de Andrew con los infectados, pósters de apoyo, el logo de la mariposa monarca en muchos dibujos y actas de nacimiento que, al parecer, eran falsificadas. En todas las fotos se repetían las mismas personas pero cada vez más enfermas. Lo que más llamó mi atención fue una foto enorme de Andrew con sus brazos descubiertos y un tatuaje de una mariposa en el tríceps derecho. Ahora nada tiene sentido.

—Por la expresión de tu rostro, ya descubriste qué me tiene en shock, ¿no?

Michael lo dijo muy tranquilo, pero tanto mis ojos como mi boca siguieron completamente abiertos.

—Entonces, ¿estás pensando lo mismo que yo? ¿Quién demonios es en realidad Andrew Moore?

—No lo sé, pero el Andrew que conocimos era una coartada al parecer. Siempre tuve un presentimiento con él. El día que lo acompañé a visitar a los enfermos se comportó demasiado extraño, como fuera de lugar. Él insistía en quedarse pero la verdad que yo tenía demasiado miedo para estar un minuto más ahí. Puedo defenderme ya que sé defensa personal, pero reconozco que no puedo golpear porque me siento fuera de lugar o intimidado.

—Lo sé, Michael, pero tenemos que llegar al fondo de esto. Yo estoy seguro que Elena no tiene ni la más mínima idea. Creo que lo mejor es que se quede esto entre nosotros.

—¿Confías en Elena después de todo esto?

Su mirada estaba llena de interrogantes y su voz sonaba entrecortada. Me lo preguntaba porque él sí desconfiaba de ella, pero ¿cómo podría desconfiar de Elena? Después de todo, fue la que me salvó la vida.

—Sí, sí confío en ella, y creo que tú deberías confiar un poco más también.

Me escuché un poco imprudente y a la defensiva, pero meterse con Elena era meterse completamente conmigo porque me sentía su protector.

—De acuerdo, confiaré en ti, pero sólo porque fuiste tú el que me salvó la vida. Iré a terminar de empacar y guardaré esto entre mis cosas. No queremos que Elena se entere aún, ¿no? —me dio unas palmadas en el hombro al tomar las cosas del suelo y se retiró a su habitación.

Aunque nada tuviera sentido con Andrew, teníamos que estar más unidos que nunca. Si queríamos sobrevivir, teníamos que confiar entre nosotros, protegernos y seguir adelante costara lo que costara. Comencé a guardar las últimas cosas que estaban alborotadas en la habitación, tomé un dibujo de una mariposa, lo metí en el bolsillo trasero del pantalón y regresé de puntillas a mi habitación. Riley seguía roncando. La mochila no estaba del todo terminada, por lo que metí las pocas camisas que necesitaba, un pantalón extra y ropa interior. Agradecí a mis padres por obligarme a asistir a los scouts. Gracias a ellos, aprendí a acomodar perfectamente muchas cosas en mochilas pequeñas, así como conocer muchos consejos de supervivencia que en estos tiempos eran tan importantes.

Terminé a los pocos minutos de acomodar todas mis cosas. Estaba exhausto y quería dormir al menos unas cuantas horas pero, de repente, me acordé de que la pequeña mochila de Riley estaba sin hacer. Comencé sacando todas las cosas que estaban dentro de ésta para empezar de cero. Había premios, una cobija, algunas pelotas, un arma, una lámpara de mano y algunos sobres cerrados. Lo más extraño es que nunca se me había pasado por la cabeza revisar qué es lo que Félix nos había preparado a Riley y a mí en esa pequeña mochila. Había tres sobres con los números 1, 2 y 3 y mi nombre escrito debajo de cada número. Por deducción obvia, tomé el sobre 1. Dentro había una carta escrita por Félix. Después de tantos meses sin saber nada de él, me entusiasmó muchísimo encontrarme con estas cartas. Con las manos empapadas en sudor, nervioso y con muchísimas preguntas que tenía sin resolver, empecé a leer la carta.

«Thomas:

En estos momentos te estarás preguntando qué carajos está haciendo allí una carta de tu hermano mayor, pero tranquilo, el plan sigue como lo habíamos acordado.

Me imagino que te encuentras a unos diez kilómetros más allá de Vancouver, si no es que menos, en Burnaby para ser más exacto... Sí, es lo más cercano y, al mismo tiempo, seguro. Si bien no tiene la seguridad de Vancouver, es lo suficientemente seguro para poder vivir una vida sin peligros (eso es lo que ellos creen). No sé cómo es que llegaste allá, pero también estoy seguro de que saliste herido de esa pequeña fiesta, pero estás sano y a salvo. No te diré cómo es que sé todo esto, sólo te diré que te sigo cuidando en la lejanía, hermanito. Antes de seguir, te doy la bienvenida a la parte dos del plan, la cual consiste en que tienes que hacer creer a todos los que te rodean que tú eres la cura para combatir la epidemia. No tienes que decir cómo lo sabes, sólo usa tus encantos de persuasión para hacerlo y ganarte la confianza de todos. Confío en ti como tú confías ciegamente en mí, ¿no?

Sigue cuidándote, hermano. Sigue leyendo las demás cartas con más instrucciones hasta que hayas completado la parte dos de este plan. Y recuerda que la fiesta continúa.

F.P»

Dejé caer la carta y, con lágrimas en los ojos, me di cuenta de que, a pesar de la distancia, él seguía a mi lado. No me dejaría solo. Sabía que teníamos un gran plan, pero no sabía el porqué del plan. Él me pidió fe ciega con todo esto y así seguiría siendo. Con esas cartas también me di cuenta de que no se había terminado lo que iniciamos sólo algunos meses atrás. Tan sólo habían pasado dos meses desde el desastre que él llama fiesta y me parecía una eternidad. Lo peor de todo es que no me había percatado de esas cartas, por lo que supuse que iba demasiado retrasado con el plan que mi hermano me tenía en cada una de las cartas. Debido a ese retraso, lo mejor sería que leyera el resto de las cartas para poder ponerme al tanto con el plan.

Me agaché para tomar la carta y releerla y, en ese momento, la puerta rechinó de golpe. Elena venía cubierta con una cobija de color rosa, el cabello todo revuelto y con cara adormilada. Escondí la carta rápidamente detrás de mí. Empezó a caminar lentamente hacia mí, sin decir ni una palabra. Me puse nervioso. No obstante, como iba medio dormida, seguramente no vio la carta.

—Tom, ¿tú nunca duermes o qué? Si sabes que en menos de dos horas nos vamos de aquí, ¿por qué no estás dormido?

Estaba muy cerca de mí. Sus ojos somnolientos se abrían y cerraban lentamente. Comenzó a abrir los brazos estirando la cobija a su espalda, lo que le daba un aspecto de mariposa. Sus ojos azules resplandecían mucho. Se había quitado la ropa, simplemente llevaba un blusón blanco. Iba descalza y su cabello estaba revuelto.

Rápidamente acomodé la carta en el bolsillo trasero de mi pantalón y la abracé. Ella me cubrió con sus brazos por el cuello y quedamos enredados en la cobija. No dije nada. No dijo nada. Solamente nos quedamos callados, abrazados y respirando al mismo tiempo. No sólo la quería como amiga. Mis sentimientos hacia ella crecían y eso no era nada bueno.

Capítulo 8

Amigo, la estás destruyendo

Nos quedamos recostados en mi cama y, a los pocos minutos, se quedó completamente dormida sobre mi pecho. Me arrullaba el subir y bajar de su respiración y cómo su boca se quedaba entreabierta mientras dormía. Mi temor por sentir algo más por ella iba en aumento.

Empecé a moverme lentamente para salir de la cama sin despertar a Elena y a Riley. Tomé la mochila que aún estaba en el piso con el resto de los sobres y me metí al baño sin cerrar completamente la puerta para seguir verificando que Elena no se despertara. Nervioso, tomé el sobre con el número 2 y desgarré poco a poco el papel. La nota no era tan larga como la anterior pero parecía más importante.

«Thomas:

Al parecer ya lograste la segunda parte. Espero que ya los tengas como aliados a todos. Lo siguiente que debes hacer es: el día 1 de noviembre hay un punto de reunión en el Burnaby Hospital. Éste se encuentra a las afueras de la zona segura en la entrada de Vancouver. No obstante, nos veremos el 31 de octubre pero todavía no sé dónde exactamente. Sólo sé que debes seguir el camino largo a Vancouver y la X es el lugar. Confío en que sabrás dónde nos encontraremos. Por último: ven solo. Una noche antes de vernos, puedes leer la última carta. Es todo.

Nos vemos, hermanito.

F.P.»

Esperaba más especificaciones de Félix, pero era más que suficiente para saber que aún estaba a tiempo de que nos encontráramos y continuar con su plan. Comencé a escuchar ruidos provenientes del cuarto, por lo que asomé un poco la cabeza para verificar que todo estuviera bien. Elena parecía estar teniendo pesadillas, ya que solamente se movía y hacía pucheros mientras seguía dormida. Riley comenzó a acercarse más a ella para intentar relajarla, pero empezaron a salirle lágrimas, así que metí la carta de nuevo a la mochila y la puse a un lado de la regadera. Luego me acerqué a un lado de Elena, me senté sobre mis talones y empecé a peinarle con mis dedos el cabello, logrando que se relajara un poco. Se volvió a dormir profundamente. Cuando estaba apagando la lámpara de un lado de la cama, la puerta se abrió de un solo golpe y Elena se despertó con el fuerte sonido del azote.

—Arriba, dormilones, la hora ha llegado. Agarren sus pertenencias y todo lo que sea necesario y vámonos.

La emoción que irradiaba la voz de Michael se debía a que ya nos iríamos muy lejos de allí, fuera del peligro.

Elena se cubrió rápidamente con la cobija y empezó a quejarse con palabras que no se entendían muy bien por la voz adormilada que aún tenía. Riley se dedicó a cubrirla de besos para despertarla e irnos lo más pronto posible. Y tuvo éxito. Sus besos mágicos lograron que se levantara. Me dio un abrazo de buenos días y se dirigió a su habitación. Michael simplemente la dejó pasar y se quedó recargado en el marco de la puerta, observándola fijamente.

—¿Todo en orden, Michael? —lo desafié con la mirada, pero con una sonrisa sarcástica.

—Sí, amigo. Sólo es que se me hace un poco raro que estuvieran durmiendo juntos. ¿Algo hay entre ustedes? —dijo mientras avanzaba hacia mí, frotándose los ojos.

—No estábamos durmiendo juntos, ella llegó hace poco y se quedó dormida junto a Riley. Yo no dormí casi nada.

—Bueno, se acabó el tiempo para descansar. Es hora de irnos, apresúrate.

Me metí de nuevo al baño y me lavé el rostro, me cepillé los dientes y me peiné con los dedos el cabello alborotado que tenía. Mi cabello ya no era tan brillante como antes. Ya habían pasado tres meses desde que me lo había cortado y, a pesar de eso, no crecía nada; seguramente la alimentación y el poco ejercicio que había hecho eran las razones. Tomé el cepillo de dientes y el poco jabón que quedaba y me dirigí a la mochila para guardarlos. La última carta me gritaba que la leyera, pero las instrucciones eran claras: aún no podía leerla. El día iba a ser eterno por las ansias de querer saber cuál sería la última carta de Félix. Reprimí la necesidad de leerla y la metí en el fondo de la mochila para que la curiosidad no me ganara.

Avancé a la sala. Ya estaban todos listos, esperándome. Me di una última vuelta alrededor de la sala, el comedor, la cocina y el patio trasero. El pequeño huerto ya estaba dando frutos y aún quedaban algunas semillas para una emergencia. Esperaba que, fuese quien fuese que se topase con ese hogar, se sintiera cómodo y apreciara todo lo que se quedaba allí.

—Tierra a Thomas Prescott. ¡Te estamos esperando, amigo! —Michael me devolvía a la realidad. Me acomodé la mochila en mi hombro, abroché mi chamarra negra hasta la mitad y regresé con ellos a la entrada de la casa.

Esto lo hacemos por nuestro bien. Somos una familia y, pase lo que pase, seguiremos juntos. Vámonos. Elena fue la última en salir, cerrando la puerta y dejando una pequeña nota en la puerta principal. Con un último adiós de su parte al hogar de toda su vida, nos dirigimos a un nuevo hogar para comenzar de cero.

Empezamos a caminar a paso lento, riendo, viendo por última vez a esos vecinos que saludaban por las mañanas y cómo, poco a poco, se iban desvaneciendo las casas. Ya no se veía gente en las calles. Todo estaba abandonado, como si nunca hubiera vivido alguien en estas viviendas. A lo lejos observamos el famoso parque de Burnaby que, aunque ya no era tan verde como antes, imponía mucho respeto por cómo la naturaleza se había abierto paso sin necesidad del apoyo de la humanidad. Riley comenzó a correr para llegar primero, Elena se quitó los tenis y lo persiguió hasta llegar a la orilla del lago para observar cómo todo era cristalino y estaba lleno de vida. Al voltear la cabeza, sus profundos ojos azules se iluminaron con los primeros rayos del sol. Era la mañana perfecta, la vista perfecta y, más que nada, la compañía perfecta. Elena simplemente me sonrió de oreja a oreja, decidiendo meter los pies en el lago mientras observaba cómo Riley jugaba a corretear a los peces.

—Se le ve demasiado relajada y feliz, ¿verdad? —me comentó Michael, observando a Elena a lo lejos.

—Demasiado. Y me alegro mucho que esté así. Su felicidad es mi felicidad.

—Entonces es oficial: estás enamorado de ella.

—No digas tonterías, Michael. Es mi mejor amiga y de ahí no va a pasar.

Lamento decirte esto, amigo, pero ella sí está enamorada de ti. Se le nota demasiado. No sé cómo no lo ves. O eres o te haces el tonto.

—Simplemente ignoraré tu comentario. Ella es feliz y es todo lo que me importa.

—Claro que ella va a decir que es feliz y te va a deslumbrar siempre con esa sonrisa. Pero mira más allá de esos profundos ojos azules. Amigo, la estás destruyendo.

No había nada más que decir, así que me quedé callado. No me había percatado del verdadero daño que le hacía a Elena. El amor que para mí era sólo simple amistad, para ella era mucho más que eso.

—Tomaré tu silencio como que sí di en el clavo.

Michael caminó hacia donde estaba Elena y se sentó a su lado. Ella se rio probablemente de algún comentario gracioso de éste.

Me crucé de brazos y suspiré mirando al cielo, como si buscara alguna respuesta a todo lo que estaba sucediendo. Para mi desgracia no las había. Nosotros tomamos el timón de nuestra vida y era mejor ponernos manos a la obra con todo lo que estaba sucediendo. Corrí hacia ellos y abracé a los dos por la espalda. Sin decir nada, me abrazaron de regreso, e incluso Riley salió del agua a llenarme de besos. Y así fue cómo recibimos, entre risas, abrazos y besos, el amanecer de un nuevo día y un nuevo comienzo.

Nos levantamos riendo y sacamos agua embotellada para refrescarnos. Michael sacó un mapa que había conseguido en el centro comercial aquel día que le había salvado la vida. Había diferentes puntos rojos marcados, algunos negros y una marca enorme a las afueras de Vancouver. Los cálculos de Félix eran correctos, estábamos más o menos a unos diez kilómetros de Vancouver. El plan principal era entrar de nuevo a Vancouver, donde estaríamos completamente a salvo, tanto de los enfermos como de cualquiera que nos quisiera hacer algún daño. Además, no queríamos toparnos con Andrew por el bien de él pero, sobre todo, por el de

Elena. La caminata sería en unos dos días. A pesar de que estaba relativamente cerca de nosotros, queríamos tomarnos con calma el camino hasta allá, recolectar provisiones, buscar gente, evitar a toda costa a los enfermos y llegar sanos y a salvo a Vancouver. La mejor opción era separarnos. Esto incomodó a Michael, quien puso los ojos en blanco y cruzó los brazos sobre su pecho.

—Al parecer no te gustó la idea, Michael. A ver, dinos alguna otra opción que podamos tener para cubrir el doble de terreno de aquí al punto marcado en tu enorme mapa.

Comencé a insistirle para que opinara, pero solamente movía la cabeza de un lado a otro.

—Yo sólo puedo decir que separarnos suena a una idea muy mala —respondió finalmente—. Juntos estamos mejor y ambos lo sabemos.

—Sí, lo sé, pero si nos separamos, nos podremos mover mejor entre las casas y podremos encontrar más provisiones y más gente que puede llegar a necesitar nuestra ayuda.

Elena se interpuso entre nosotros, suspiró muy fuerte y nos miró a ambos.

—A ver, yo también tengo voz y voto en esto. Riley...bueno, él apoya cualquier idea. Pero sí, Tom tiene razón. Michael, si no nos separamos, hay posibilidades de que nos encuentren más pronto, de que no encontremos provisiones y de que las cosas se compliquen aún más de lo que ya están.

¿Elena dándome la razón a la primera? Eso sí que fue una gran novedad.

—Entonces decidido, dos y dos, ¿correcto? —dijo Michael entre dientes.

—Sí, tú vas con Elena, y Riley y yo por el otro lado.

—No me parece bien. Creo que Riley debería ir con Michael y yo contigo, Tom —insistió Elena.

—Ya digan que quieren estar solos, enamorados, y lo comprenderé del todo.

Michael empezó a empujarme con el hombro, haciendo afán a la carrilla entre Elena y yo.

—Pues insisto, ustedes por un lado, y Riley y yo por otro. Creo que es la mejor opción. Además, Riley está más acostumbrado a mí que a ti, Michael.

—Antes que nada, estás demasiado insistente con eso. ¿Seguro que todo está bien, amigo? Y segundo, Riley está también muy acostumbrado a mí y no creo que sea algún problema que nos separemos una o dos noches como mucho. Así que tú irás con Elena, y punto final.

No tenía otra opción. Si seguía insistiendo, empezarían a sospechar de mí. «Lo lamento, hermano, pero hay un ligero cambio de planes de último momento», llegué a pensar.

Simplemente asentí con la cabeza y le di un fuerte abrazo a Michael para despedirnos. Sabía que no era nada estar dos noches alejados, pero éramos una pequeña familia y la separación no me gustaba del todo.

—Cuídala, por favor, Thomas —me susurró al oído Michael mientras me soltaba el pequeño abrazo.

Le guiñé un ojo para que comprendiera que no había absolutamente nada de qué preocuparse.

Mientras me agachaba a abrazar a Riley, Elena abrazó fuertemente a Michael y se empezaron a intercambiar palabras que mejor decidí ignorar. Mientras tanto, rápidamente saqué la última carta que me había dejado Félix. A pesar de que el plan había cambiado, ésta me aclararía las pequeñas dudas que tenía de esa parte del plan. La guardé en el bolsillo trasero de mi pantalón.

—No te preocupes por mí, amigo. Tú cuida mucho a Michael y cuídate también.

Riley simplemente me besó todo el rostro para tranquilizarme y darme a entender que todo estaría bien.

—Entonces nos veremos dentro de dos días en el Hospital Burnaby, a más tardar al medio día. Yo me quedaré con el mapa porque es más probable que me pierda, ya que Elena conoce más su ciudad. Cuídense. Nos veremos pronto, amigos.

Michael se acomodó la mochila en su espalda y comenzamos a caminar en sentidos opuestos. Riley lo siguió a un lado sin voltear a verme, ya estaba en modo protector con él, así que no había mucho de qué preocuparse. Acomodé la mochila en mi hombro y comenzamos a avanzar a nuestro rumbo.

—Te aseguro que todo estará bien, Elena.

—Confío en que ellos saben cuidarse y que nosotros también.

Entrelazó sus dedos con los míos y comenzamos a salir del parque tomados de la mano para apresurarnos y llegar a alguna casa abandonada antes de que oscureciera y así evitar toparnos con los enfermos.

Capítulo 9

Algo así como tú

Continuamos caminando de la mano muchos metros, hasta que me percaté de que mis manos estaban sudando, lo cual nunca me había sucedido. Tomarle la mano a Elena me ponía sudoroso y me sentía nervioso. Estaba tenso y feliz a la vez. Me sentía completo estando a su lado. Su sonrisa era tan contagiosa que apenas me daba cuenta de que los edificios a nuestro alrededor estaban destruidos.

La naturaleza estaba haciendo de las suyas. Todo estaba completamente verde y frondoso. Las casas estaban siendo invadidas por las plantas. Las flores brillaban con sus colores radiantes. Los animales vivían libres... No entendía cómo durante los dos meses que viví aquí no me había percatado de todo esto. Probablemente porque ponerle atención a los detalles ajenos no estaba en mi lista de prioridades. Pero lo que estábamos presenciando ahora, me quitaba el aliento.

Los brillantes ojos azules de Elena se iluminaban cada vez que se acercaba a las radiantes flores que había en las calles. Soltó mi mano y corrió hacia unas flores coloridas que parecían coliflores. Se agachó y empezó a tocarlas con delicadeza, a olerlas y a sonreír como una niña pequeña con un juguete nuevo. Me arrodillé a su lado. Me resultaba imposible dejar de mirar su enorme sonrisa y sus ojos azules cargados de felicidad.

—¿A qué se debe tanta alegría, Elena?

—Estoy impresionada porque mi flor favorita está frente a mis ojos y es casi imposible que pueda darse aquí.

—Perdona mi falta de cultura sobre las flores pero, ¿cómo se llama esta flor?

—Son claveles, Tom. Son hermosos y están llenos de vida.

—Algo así como tú.

Volteó la mirada lentamente hacia mí y sus mejillas comenzaron a sonrojarse. Se intentó levantar rápidamente, lo cual ocasionó que cayera hacia atrás. Solté una pequeña risa entre dientes y la ayudé a ponerse de pie lentamente. Nuestras manos se entrelazaron automáticamente. Acerqué mis labios a los suyos... y unas pequeñas risas se empezaron a escuchar.

—Lo arruinaste todo de nuevo, Michy. No podemos chismear un poco porque siempre metes la pata.

—Yo sabía que tienen un oído tan desarrollado.

La muchacha llamada Michy estaba muerta de la risa por la cara rojiza que teníamos, pero era imposible no estar avergonzados por dicha situación. Unos desconocidos nos estaban espiando y no nos habíamos percatado por estar en otros asuntos, lo cual era una alerta roja para nosotros. ¿Qué tal si los enfermos nos hubieran estado siguiendo y no habíamos puesto la debida atención a lo que pasaba realmente a nuestro alrededor? Parecía que lo que sentíamos estaba saliendo más y más a la luz. Nos levantamos rápidamente y nos pusimos frente a ellos. La vergüenza había sido trasladada, ahora eran ellos los que tenían la cara roja como un tomate.

—¿A qué se debe que nos estuvieran espiando?

Elena se cruzó de brazos y levantó las cejas enojada. Yo aborrecía verla así porque era imparable.

—Espero que tengan una muy buena excusa ya que no estoy de muy buen humor que digamos.

—No es lo que creen. Desde que inició todo esto, uno ya no se puede enterar de los chismes que pasan aquí a menos que los veamos con nuestros propios ojos. Por ejemplo, no tenemos idea de quiénes son ustedes —contaba un muchacho de cabello más negro que la noche mientras se agachaba a abrocharse el tenis y quitaba un poco el polvo que se había acumulado.

—Espera, ¿me estás diciendo que no son los únicos aquí? Pensé que esta parte de la ciudad estaba completamente abandonada.

—Ahí te equivocas, amigo. Somos unas cincuenta personas aquí, y no dudo que sepan de su llegada, así que es mejor ir con ellos a presentarlos. Por cierto, soy Abraham y ella es Michelle.

—Soy Thomas y ella es Elena.

Intercambiamos apretones de manos. Michelle nos veía de pies a cabeza y ponía cara de curiosidad cada vez que se detenía para mirarnos fijamente.

—¿Algún problema, Michy?

—Sólo mis conocidos me dicen así, pero no, todo en orden. Vamos, nos deben de estar esperando.

Michelle pasó a un lado de Elena golpeando su hombro. Ésta volteó los ojos al momento. Yo sólo me reí. Elena frunció el ceño al notar mi risa burlona por lo sucedido.

Comenzamos a caminar unos pasos detrás de ellos. Las casas seguían destruidas pero las calles estaban limpias. Empezó a salir más y más gente a la calle, entre ellos murmuraban y nos seguían. Todas las casas eran de tonos blancos, naranjas y sus derivados. Colores brillantes y llenos de vida, los cuales invitaban a vivir allí y olvidarte completamente de que todo estaba destruido.

Empezaron a correr hacia nosotros muchos niños, rodeándonos al llegar a un pequeño parque improvisado que la comunidad había hecho. Había árboles coloridos, algunos juegos infantiles y una fuente en medio del parque con una mariposa monarca encima de la que fluía el agua. Los colores naranjas, negro y blanco eran brillantes, parecía que la pintura estaba fresca. ¿Cómo es que la comunidad, a pesar de lo que sucedió debido a la mariposa, aún le tuviese el amor que le tenía antes de la epidemia?

Los adultos y jóvenes comenzaron a acercarse, saludando a Michelle y Abraham. No eran hermanos, tampoco se parecían, pero sí se notaba que eran cercanos, aunque novios tampoco. Quizá sólo eran amigos. Reían mientras narraban cómo nos encontraron cuando estábamos a punto de besarnos, ocasionando que nos pusiéramos rojos como tomates. Elena sólo volteaba los ojos cada vez que reían todos al unísono.

—Y así fue cómo encontramos a estos tortolitos. Él es Thomas y ella, Elena.

Todos comenzaron a abrazarnos y a apretar nuestras manos. Nos decían sus nombres. No obstante, recordar el nombre de tantas personas en tan poco tiempo se me dificulta mucho.

Elena estaba muy feliz por la atención de todos, sólo sonreía y sus ojos se iluminaban cada vez que decía «mucho gusto» con una sonrisa de oreja a oreja.

Distinguí a una persona que sobresalía entre la multitud. Un señor de unos cincuenta años, o quizá menos, con el pelo negro atado en una cola de caballo. Vestía como un profesor retirado: pantalón beige, cinturón, zapatos bien limpios, camisa de vestir blanca y chaleco a juego. Una de las cosas que más me llamó la atención fue su piel, de color moreno pero con rastros de vitíligo. Este señor imponía respeto porque, mientras se acercaba a nosotros, las demás personas le daban el paso sin dudar.

—Me llamo Maximiliano Trudeau, pero me pueden decir Max. Sean bienvenidos a esta pequeña comunidad. Queremos festejar la llegada de los nuevos miembros. Hoy tenemos una cena con toda la comunidad, de modo que podemos aprovecharla para darles una bienvenida apropiada. Espero que estén hambrientos y llenos de energía para festejar. Mi esposa América los llevará a nuestro hogar para que se refresquen y se cambien la ropa por algo un poco más conmemorativo para la ocasión.

—Un gustazo, jóvenes. Acompáñenme. Parece que no se han duchado decentemente en varios días y sus ropas ya están un poco sucias.

La señora América era morena tanto de cabello como de piel. Tenía unos enormes ojos castaños. Era de estatura pequeña en comparación con Elena y conmigo. Comenzó a caminar frente a nosotros mientras nos abría paso entre las personas que nos rodeaban. La gente se quedó alrededor de la fuente y la señora América nos fue indicando qué familia vivía en cada casa. La casa de los Trudeau era la más grande. Delante de ésta había una pequeña oficina de color caoba. Nos invitó a pasar a su hogar. Era más grande que la casa de los Moore. Los muebles estaban relucientes. Todo brillaba como si fuera nuevo y el olor a limpio estaba en cada rincón de la casa. Flores vivas decoraban cada maceta. Nos adentramos en la casa y subimos unas escaleras. En la pared de la derecha había fotos de la familia, un niño y una niña en columpios, mucha gente reunida, gente comiendo, etc. En definitiva, parecía una familia feliz.

—Jovencita, puedes utilizar el baño de mi hija, ahí hay ropa que creo que te quedará. Joven, el baño de mi hijo está al lado derecho de la escalera. Igualmente puedes tomar la ropa que necesites. Los espero abajo con un chocolate caliente.

Nos dijo todo esto desde la mitad de la escalera, mientras sonreía y bajaba los escalones.

Elena simplemente se quedó callada, estaba extrañada con la amabilidad de esta gente. Yo estaba anonadado con todo lo que estaba sucediendo. Me dio un beso rápido en la mejilla y entró corriendo al cuarto de la hija de la señora Trudeau sin mirar atrás. Solté un fuerte suspiro y me adentré en el cuarto de su hijo. La cama fue lo primero que vi al abrir la puerta. Tenía una colcha color negro. Las ventanas estaban cubiertas por unas enormes persianas negras. En contraste, las paredes eran completamente blancas y sin nada colgado en ellas. En el cuarto sólo había una enorme ventana y una cama enorme.

Me adentré en la puerta que había a un lado del cuarto. El baño era casi del tamaño de la habitación. El clóset estaba lleno de ropa de todos los tipos, pero todas las prendas eran de tonos naranja, blanco y negro. La familia parecía tener una cierta obsesión con esos tonos, los cuales me recordaban a la mariposa monarca. Dejé a un lado esos pensamientos y me tomé el baño más relajante que había tomado en mucho tiempo. Al terminar, tomé un pantalón negro, unos converse blancos y una camisa blanca; y sí, efectivamente todo me quedaba como si fuese mío.

Me arreglé el cabello lo mejor que pude y caminé de regreso al pasillo para esperar a Elena.

En el momento que abrí la puerta del pasillo, Elena iba saliendo. Su cabello estaba brillante y sus ojos radiantes. Llevaba puesto un vestido naranja que le quedaba a la perfección.

Simplemente sonrió y dio un pequeño giro.

—¿Qué tal me veo, Tom?

—Impresionante.

—Lo sé, sólo quería que subieras un poco mi ego. Venga, vamos abajo que nos deben estar esperando.

Bajamos las escaleras y nos topamos con los Trudeau. La mesa del comedor era redonda y de color café caoba. Los dos estaban sentados, uno al lado del otro. Encima de la mesa había dos tazas blancas con bombones dentro y chocolate caliente. Tomé mi taza y me senté al otro lado de la mesa. Comencé a tomar sorbos de chocolate mientras los Trudeau narran su día a día en la pequeña comunidad, la cual estaba formada por alrededor de cincuenta personas. Todos tenían labores diferentes. Tenían grandes huertos custodiados por guardias donde cultivan su comida. Había un área gigante que utilizaban como comedor donde se reunían una vez a la semana para hablar de los incidentes acaecidos. La verdad que tuvimos la suerte de que era esa noche cuando se reunían.

—Entonces, tendremos el honor de tenerlos en nuestra cena, ¿verdad? —preguntó el señor Trudeau, animado.

—No los presiones, cariño, puede que sólo estén de paso.

—No se preocupen —dijo Elena—, Tom y yo podemos cenar con ustedes. Aún tenemos tiempo para reunirnos con nuestros amigos.

El señor Trudeau alzó mucho una ceja. Mientras tanto, su esposa le tomó la mano por encima de la mesa y movió la cabeza de un lado al otro.

—¿A dónde se dirigen exactamente? Espero que no vayan a entrar a Vancouver porque está repleto de gente cuyo único objetivo es herir a los que estamos aquí afuera. No se dignan en ayudarnos en nada. Tienen todo lo necesario para hacerlo pero prefieren encerrarse bajo ese muro gigantesco y no dejar entrar a nadie. No tienen un mínimo de humanidad.

La ira en la voz del señor Trudeau iba incrementando, por lo que decidí que lo mejor era no mencionar que trataremos de entrar, justamente, a Vancouver. Elena simplemente abrió y cerró la boca y se cruzó de brazos, mirándome de reojo.

—No hay de qué preocuparse. Sólo nos reuniremos con unos amigos que estaban buscando comida y medicamentos para otra comunidad en la que estamos.

Intenté sonar tranquilo mientras le daba el último sorbo al chocolate caliente. Dejé la pequeña taza en la mesa y estiré mis brazos por encima de la cabeza al mismo tiempo que bostezaba.

—¿Estás agotado, Thomas? Ya casi es hora de la cena, así que tendrás que soportar un poco el agotamiento.

—Sí, no se preocupen. Iré a caminar con Elena, no nos iremos lejos. Vamos, Elena, podemos seguir viendo los jardines.

Elena se levantó deprisa y me tomó de la mano con mucha confianza, como si fuera algo cotidiano.

—Vamos, Tom, prometiste darme un pequeño ramo de claveles. Claro, si no es mucha molestia, señora Trudeau.

—Me puedes tutear. Llámame América. Claro que sí, Elena, no hay problema. Nos vemos en un rato, no se alejen mucho.

Comenzamos a caminar tomados de la mano, deteniéndose al principio de la escalera. Elena levantó una ceja queriendo preguntar. Simplemente le señalé con el dedo que no hiciera ruido. Me asomé para ver si los Trudeau seguían sentados. Al ver que se estaban levantando para dirigirse a la cocina, corrí lo más deprisa al segundo piso y tomé mis cosas haciendo el más mínimo ruido. También entré por las cosas de Elena. Agradecí el hecho de que ella era muy organizada y todo estaba muy bien acomodado. Bajé de puntillas las escaleras. Elena estaba todavía allí parada con un signo de interrogación gigante en el rostro. Le entregué sus cosas y la tomé de la mano para salir de la casa.

—Tom, ¿qué está pasando? ¿Me puedes explicar a dónde vamos?

—Sí, Elena, en un momento te lo explico, pero tenemos que irnos de aquí.

—Pero ellos nos están ofreciendo techo, comida y una comunidad que nos acepta. ¿Y tú quieres tirarlo todo por la borda?

—Elena, te lo explicaré en un momento. Por favor, apresúrate.

—No. Me rehúso a dar un paso más hasta que me expliques qué es lo que estás tramando. No les digamos que vamos para Vancouver y cambiemos nuestros planes para quedarnos aquí. Vamos a por Michael y Riley y asunto arreglado.

—¿Por qué eres tan necia, Elena? Okey, nunca te lo había dicho pero yo vengo de Vancouver. Por eso tenemos que ir para allá. Mi hermano me está esperando para poder entrar de nuevo.

Elena abrió mucho sus ojos. Quería decir algo pero simplemente se quedó callada.

—De acuerdo, nos vamos, pero me debes una gran explicación.

La tomé de la mano y comenzamos a acelerar el paso. Todos estaban reunidos en el pequeño parque. Las mesas estaban ordenadas y las luces encendidas. Caminamos por uno de los lados con las mochilas escondidas y sin mirar atrás. El corazón me palpitaba muchísimo. Algo así no podía arruinar el plan de mi hermano. Ahora la vida de Elena y la mía podrían estar en riesgo. Conforme íbamos avanzando, se iban alejando la luz y el ruido del banquete. Probablemente se dieron cuenta de nuestra ausencia antes de lo que pensábamos. Elena apretaba mi mano. Sabía que estaba nerviosa por el sudor que escurría entre los dedos. Pero tenía que seguir con el plan de Félix. Estar en una comunidad así podría arruinarlo todo. Sólo espero que ellos no nos guarden rencor.

—Basta de caminar sin decir nada. Explícame quién eres realmente.

Elena se detuvo de golpe y se paró frente a mí. Ya estábamos demasiado alejados como para que nos pudieran ver o escuchar. Suspiré muy fuerte.

—Soy Thomas Prescott, en eso no te he mentido. Vengo de Vancouver, eso nunca te lo había dicho. Y soy la cura para este virus.

Capítulo 10

Recordar es volverlo a vivir

Los ojos de Elena estaban muy abiertos y no podía cerrar la boca. Empezó a ponerse pálida, sin decir ninguna palabra. ¿Cómo se me ocurrió soltar esa bomba de información? No pensé que todo podría arruinarse así sin más. Elena seguía sin emitir sonido, simplemente me observaba. Tomé sus manos y empezó a recuperar color en su rostro.

—¿Sólo te quedarás sin decir nada? ¿No tienes ninguna pregunta, duda o comentario sobre esto?

Elena abría y cerraba la boca. Comenzó a caminar alrededor de mí dando vueltas en el mismo lugar. Después de unos minutos soltó aire y me miró a los ojos.

—Okey, no puedo dejar de darle vueltas a lo que me acabas de contar, Tom. Estos meses he estado conviviendo con la persona que lleva en su sangre la cura y no me has dicho absolutamente nada sabiendo cómo esta enfermedad está matando a todo el mundo. Sólo te quedaste con los brazos cruzados. Explícame bien quién demonios eres en realidad, desde el principio, con lujo de detalles, por favor. Al parecer, no te conozco.

—De acuerdo, pero prométeme que no me vas a interrumpir.

—Sí, Tom, lo prometo. Escúpelo.

—De acuerdo. Nací y me crié varios años en una pequeña ciudad un poco lejos de aquí llamada Halton Hills. Vivía con mis padres y mis dos hermanos, Félix que es el mayor y Alex, el menor. Mis padres tienen raíces mexicanas, por eso nuestros nombres son diferentes a los que hay comúnmente aquí, en Canadá.

—Pero tu nombre no es muy mexicano que digamos, Tom —dijo, de repente, Elena.

Puse los ojos en blanco y rápidamente se quedó callada de nuevo.

—Bueno, prosiguiendo con mi historia...

«En mi ciudad teníamos la fortuna de que la migración de la mariposa monarca pasara por allí año tras año. Para celebrarlo se hacía una gran fiesta. Teníamos prohibido tocarlas pero una niña pequeña no obedeció las reglas y, al final del día en el que tocó a una de ellas, terminó enferma de una fuerte gripa. Pasaron los días y nadie tenía noticias de la niña, hasta que un día terminó en emergencias. Estaba muy grave. Al parecer, había comenzado con un tipo de neumonía y tuvieron que intubarla. La niña se volvió muy agresiva y la tuvieron que sedar para tranquilizarla, pero no funcionó y llegó a lastimar a varias enfermeras. De repente, sufrió una hemorragia nasal. Antes de que encontraran alguna cura, la niña murió. Falleció en medio del caos de la novedad de su enfermedad. Sé todo esto porque mis padres fueron sus doctores y nos contaron cómo iba progresando este caso tan curioso y único. Al menos, eso creíamos».

—Tom, nunca imaginé que todo esto iniciaría así, con una pequeña inocente...

Los ojos de Elena comenzaron a ponerse cristalinos. Tenía muchas ganas de llorar y sólo era el principio de la historia. Me acerqué, le limpié las lágrimas y le di un casto beso en la frente.

Luego continué:

«Al pasar los días, todos empezaron a enfermarse. Teníamos que usar cubrebocas, lavarnos las manos más de lo habitual y no tener contacto con nadie. Estuvimos en cuarentena. Fue una locura. Las calles estaban completamente repletas de policías. Los hospitales estaban saturados. Cuando se descubrió que todo había iniciado con la mariposa monarca, mucha gente migró a otras partes del mundo. México fue el más afectado por presentar una de las áreas más extensas a escala planetaria a la que llega la mariposa monarca para desarrollarse y aparearse. De repente, la población mexicana desapareció de la faz de la tierra. Todos dicen que murieron por la misma enfermedad, pero nadie sabe con exactitud qué fue lo que sucedió para que la enfermedad explotara y acabara con tantísima gente. No sé cómo fue aquí contigo, pero allá fue horrible. La gente comenzó a ponerse muy sensible a cualquier enfermedad respiratoria. Una leve gripa desembocaba en fuertes trastornos de las vías respiratorias, hasta que la sangre fluía de forma abundante por las vías nasales... Los enfermos también decían que sentían como aleteos en la cabeza. A partir de ahí perdían el sentido común, se ponían agresivos, olvidaban por momentos quiénes eran ellos y los que los rodeaban. Además, el rostro se les llenaba de erupciones. Parecían grotescas acumulaciones de polen anaranjado con manchas negras. Cuando la persona enferma estaba a punto de morir emanaba un fuerte olor a putrefacción que era inaguantable».

Mis ojos se llenaron de lágrimas. El vacío que dejé de sentir hacía mucho tiempo en mi pecho, regresó. Era ésa la razón por la que no me gustaba contar el inicio de la enfermedad. Empecé a agitarme. La ansiedad regresó y me costaba respirar. Elena me gritaba pero yo no escuchaba nada. Lo único que venía a mi mente eran las palabras de Félix de aquel último día, repitiéndose una y otra vez: «Hicieron todo lo posible, hermanito, no pudieron salvarlo... Y no pude salvarlos yo a ellos», mientras recordaba cómo Alex había sufrido tanto, sus gritos de desesperación, las lágrimas que derramaba de dolor y la impotencia de no haber podido hacer nada por él... Mis padres habían hecho todo lo posible para salvarlo. Retiraron las erupciones dejándole llagas por todo el rostro, las cuales curaban con un hongo llamado Cordyceps. Pero esto no fue suficiente para salvarlo.

Mi respiración no se regulaba y Elena seguía gritándome. Sentía cómo una neblina pesada estaba encima de mí. Lo más probable era que me desmayara. Un segundo después sentí ardor en mi mejilla derecha; Elena me acababa de dar una cachetada muy fuerte para relajarme, dejándome boquiabierto. Empecé a respirar mejor y me caí de rodillas. Elena comenzó a abrazarme y a decirme que todo estaría bien. Me cubrió de besos por todo el rostro.

—Estoy aquí, Tom, no te dejaré nunca. Quisiera llorar pero sé que no serías capaz de darme la tremenda cachetada que te acabo de dar. Me asustaste mucho. Si me hubieras dicho que la historia era tan fuerte, hubiera preferido quedarme con la duda.

—No te preocupes. Sencillamente recordar es volverlo a vivir.

Nos quedamos abrazados y besándonos hasta que comenzó a hacer un frío inusual a esas horas del día. Pero en los brazos de Elena todo era demasiado perfecto.

De repente, se levantó de golpe y empezó a buscar algo en su mochila. Yo me quedé de rodillas, con cara de interés, esperando a ver qué iba a hacer. Sacó el mapa y marcó con una X dos puntos cerca de Vancouver.

—Estas dos son las únicas opciones que tenemos de adentrarnos en Vancouver sin ser detectados. No obstante, con lo que me acabas de contar, ¿por qué deberíamos ir allá cuando podemos ayudar a tanta gente aquí afuera? Tom, eres la cura y de eso no puedes huir.

—Qué más quisiera, Elena, pero no vamos a entrar por ninguna de las opciones que dices. Mi hermano Félix nos estará esperando, por eso mi urgencia de salir de ahí. Confío plenamente en él, así que todo saldrá bien.

—Pero Tom, tenemos la posibilidad de ayudar a muchísima gente. Mi papá murió buscando una cura a este desastre, y mi madre tenía la esperanza de ver cómo el mundo regresaba a la normalidad, ¿y me dices que no quieres hacer nada de esto?

—No es eso, Elena. Simplemente necesito ver a mi hermano. Él sabrá qué hacer respecto a esto. Por favor, ten un poco de fe en mí, ¿sí?

—De acuerdo, Tom, confío en ti. Pero también hallaremos una manera de ayudar a todos los afectados ¿sí?

Le di un beso en la mejilla y comenzamos a caminar antes de que se nos adelantara la noche en un lugar desconocido.

—Deberíamos refugiarnos en algún lugar antes de que pase algo. No sé cómo no nos dimos cuenta de que se estaba nublando, parece que va a llover, así que acelera el paso.

Estábamos avanzando entre las casas que aún estaban en pie cuando se empezó a escuchar mucho alboroto. Nos agachamos en unos enormes arbustos justo a tiempo para evitar ser vistos por policías de Vancouver que se estaban haciendo paso entre las casas. Nos quedamos muy quietos y silenciosos para poder saber qué es lo que estaba sucediendo. Un grupo de tres policías se quedaron a unos metros de nosotros mientras tomaban agua y se limpiaban el sudor de la frente.

—¿Creen que sí nos hayan dado bien las indicaciones? Por el simple hecho de vivir en las afueras, esta gente es salvaje y haría lo que fuera por un poco de medicamentos y comida en condiciones.

—El señor Trudeau siempre nos ha dado buena información, así que es de fiar. Simplemente son dos jóvenes rebeldes que debemos encontrar y punto. Quiero regresar a casa antes de que empiece la tormenta.

Un aire frío recorrió mi nuca y toda mi espalda. Me sentía impotente por haber confiado y que me traicionan así. Si sólo estuviera yo no habría problema, pero la vida de Elena también corría peligro y no iba a dejarla sola. Elena se tapó la boca con ambas manos y sus ojos comenzaron a ponerse cristalinos; la traición para ella era algo muy delicado.

Tomé su mano y comenzamos a avanzar hacia atrás sin quitar la vista de los soldados. Indiqué a Elena que se metiera por una ventana de una casa aparentemente abandonada. Cuando se volteó para mirar por dónde iba a avanzar, se escuchó una rama partiéndose. El tiempo se congeló. Mis ojos se abrieron de par en par esperando que nadie más la hubiese oído. Pero no fue así. Comenzamos a escuchar el sonido de los pasos más cerca de nosotros y los radios de los policías empezaron a sonar. Nos habían escuchado. Correr era lo único que nos mantendría con vida. Tomé la mano de Elena otra vez y comenzamos a correr como si nos fuera la vida en ello. Una sirena comenzó a sonar cerca. El toque de queda se había adelantado y nosotros éramos el motivo. Teníamos que escondernos antes de que nos encontraran. Elena sacó rápidamente el mapa. Cerca de una de las entradas marcadas había una bodega que no estaba tan lejos de donde estábamos. Era cuestión de correr sin mirar atrás, por lo que guardé rápido el mapa y nos dirigimos hacia allá. Los perros de los policías comenzaron a ladrar inmediatamente. Los gritos ordenándonos que nos detuviéramos eran muy ruidosos, lo que hubiera podido ocasionar que no nos enfrentamos sólo a ellos, sino también a los infectados. Coloqué a Elena frente a mí mientras seguíamos corriendo. Comenzaron a escucharse los balazos. Ya no sólo querían capturarnos, sino detenernos costara lo que costara.

La bodega se veía cada vez más cerca y ellos se veían todavía lejos. Lo estábamos logrando, sólo teníamos que correr un poco más y estaríamos a salvo. De repente sentí nuevamente aquel dolor tan insoportable. Caí al suelo de lado y Elena frenó de golpe. Mi hombro izquierdo estaba sangrando. Mi chamarra estaba empapada de sangre. La reacción de Elena fue rápida: me levantó como pudo y continuamos corriendo. No podía creer que tuviese tan mala suerte como para que me dispararan de nuevo.

Entramos rápidamente a la bodega. Elena me dejó a un lado de la puerta, cerrándola con el candado y la cadena que se encontraban allí. Tras ello, caminamos un poco por la estructura. Eran dos pisos pero también había unas escaleras que parecían llevar a un sótano.

—No tardaré, iré a investigar rápido y regreso a por ti.

—Elena, no es nada seguro este lugar, tenemos que irnos.

—Estás herido y no te dejaré aquí. Te salvé una vez y lo volvería a hacer las veces que fueran necesarias. Deja de estar quejándote y espérame unos segundos, regresó rápidamente.

Elena estaba tan asustada y enojada que pensé que quedarme callado era lo mejor. Me senté en el suelo para verificar la herida. Al parecer, era superficial, un simple rasguño. Creí que eso no se lo debía decir a ella.

Capítulo 11

A veces la decisión correcta es la que más duele

Apliqué un poco de presión en la herida y la sangre comenzó a brotar. Revisé nuevamente si la bala había atravesado el hombro, pero corroboré que era una herida superficial. No había entrada ni salida de la bala. Limpié un poco la herida y me puse de nuevo la chamarra. La sangre comenzó a escurrir por mi mano. Me senté pegado a la enorme puerta que impedía el paso a los policías. Mi garganta se secó, mi ritmo cardíaco aumentaba, perdía sangre demasiado rápido, y Elena aún no regresaba. Haber aplicado presión a propósito en la herida no había sido una buena idea después de todo. Mis ojos comenzaron a cerrarse y el silencio absoluto dominó la habitación. Los muebles viejos que había alrededor iban desapareciendo poco a poco. La madera podrida del suelo parecía nueva y las paredes con papel tapiz roto se renovaron completamente. Cerré los ojos totalmente.

—Tom, despierta, no te puedes dormir. Estás perdiendo mucha sangre y te puedes morir.

—Lo sé, Elena, soy estudiante de medicina. Solamente estoy descansando los ojos un poco.

—Estabas roncando, Tom, eso no es medio descansar.

Volteé los ojos e intenté incorporarme lentamente mientras Elena me daba su mano para ponerme de pie. Se acercó a la herida y rápidamente me hice a un lado; no quería que se enterara de que no era tan grave.

Comencé a caminar con ella detrás de mí, dirigiéndome al sótano con la mochila del lado del brazo bueno. Elena intentó ayudarme pero me rehusé a que hiciera más de lo que ya había hecho por mí. Además, sólo era una pequeña herida. Una pequeña mentira no le hacía daño a nadie.

El sótano estaba oscuro. Mis ojos no tardaron en acostumbrarse y enseguida vi la cantidad de muebles amontonados que había en la escalera y que impedían el paso. Elena sacó una linterna de su mochila e iluminó el sótano.

—No te preocupes por la suciedad. Ya arreglé un poco esto para poderse acomodar esta noche. Al parecer hay otros dos pisos que aún no exploré. También hay dos puertas que están cerradas con llave pero me dio un poco de miedo ir a investigar. Lo único malo de aquí abajo es que hay mucha humedad, pero por un rato que estemos aquí no creo que nos pase nada... Bueno, a mí, porque tú ya sabes que eres inmune.

Elena se sentó en un pequeño sillón mientras acomodaba todo lo que había en el interior de su mochila. Al mismo tiempo, comenzó a limpiarse las manos con gel antibacterial y a tararear una canción de cuna. Supe que era de cuna porque mi madre nos cantaba exactamente la misma todas las noches antes de dormir.

Me senté a un lado de Elena para escuchar e intentar recordar los momentos en que nos la cantaba mi madre: cuando me acariciaba el cabello, cuando cubría de besos a Alex y a Félix mientras estaban recostados en sus piernas... Siempre los tres nos quedábamos profundamente dormidos. Mis ojos comenzaron a ponerse cristalinos y el corazón me dolió por la nostalgia acumulada. Elena, sin pensarlo dos veces, acortó el espacio que había entre nosotros y me abrazó por encima de mis hombros, llenándome de besos la cabeza y diciéndome que todo estaba bien. Sus brazos y besos me llenaban el alma de esa alegría y amor que tanto había necesitado estos últimos años. Me volteé para mirarla a los ojos y comencé a besarla, necesitaba llenarme de su amor en todos los sentidos, sentirla completamente para callar todos esos recuerdos que me invadía; ella era la única que me hacía olvidar la horrible realidad que me atormentaba día a día. Mis manos comenzaron a recorrer su rostro, pasando por los brazos y terminando en su cintura. Su piel se sentía cálida, como si ambos fuéramos uno, como si fuera mi hogar.

—Tom, por favor, para, no podemos seguir, te puedes lastimar tu brazo. Ya miré mucha sangre y no quiero ver más sangre en mucho tiempo —Elena me empujó rápidamente mientras intentaba regular su respiración y se bajaba la blusa.

—Lo lamento, lo lamento, me dejé llevar. Espero que me puedas perdonar.

—No te preocupes, Tom, estamos bien —posó un casto beso de nuevo en mis labios y se levantó de golpe para recorrer el sótano de nuevo.

—Elena, ¿por qué no te quedas quieta unos minutos? Podríamos comer algo o sencillamente dormir. Estamos seguros aquí, no nos va a pasar nada malo.

—Sí, eso lo sé, pero quiero intentar abrir esas dos puertas, deben de tener algún propósito... Igual que tu propósito es ser la cura de todo este desastre.

—Y la cura a todos mis desastres eres tú.

—Thomas Prescott, yo... no sé qué decir.

—No digas nada. Pero bueno, tienes razón con esas dos puertas cerradas. ¿Acaso no veías películas de terror de niña?

Un sótano con puertas cerradas no es buena señal. Igual voy a intentar abrirlas.

—De acuerdo, deja que te ayude porque con un solo brazo no creo que puedas.

Elena empezó a buscar algo para forzar la puerta. No parecía que estuviera cerrada con llave, sino atrancada. Di algunos pasos hacia atrás y, con la mayor fuerza que pude aplicar, le di una patada a la puerta que terminó abriéndose. Comenzó a salir mucho polvo. La oscuridad abarcaba todo el cuarto que no era muy grande. En él sólo había cajas. Elena se acercó rápidamente mientras iluminaba el cuarto con una lámpara de mano. Comenzamos a revisar las cajas. Éstas contenían comida enlatada, ropa, cobijas y cosas esenciales para sobrevivir allí abajo durante un tiempo prolongado. Pero: ¿quién o quiénes habían estado allí antes que nosotros? Seguramente, la respuesta estaría en la siguiente puerta. Elena empezó a temblar con la lámpara aún en su mano. Salió rápidamente del cuarto y comenzó a guardar todo lo que pudo en su mochila. Me acerqué lentamente a ella y la abracé suavemente.

—Tú y yo sabemos qué es lo que hay en esa puerta, y no quiero comprobarlo. Por favor, toma todo lo que pueda entrar en nuestras mochilas y vámonos de aquí. No estamos seguros aquí.

—Por favor, respira. Tenemos que verificar lo que hay, sea lo que sea. Es seguro estar aquí por lo que no iremos a otro lugar. Aquí nos quedaremos. Yo abriré la puerta, no tienes que ayudarme, ¿de acuerdo? —le di un beso en la frente y me acerqué a la puerta del otro lado del sótano.

La puerta no estaba cerrada con llave. Estaba seguro de que Elena, simplemente, no intentó abrirlas. Abrí la puerta lentamente y, efectivamente, me encontré lo que creíamos que habría.

Eran una pequeña niña y un adulto, padre e hija, ambos con una herida de bala en la cabeza. El arma aún estaba posada en la mano del padre. Me acerqué lentamente a los cuerpos sin vida. La niña estaba infectada, las llagas en su rostro seguían ahí y el olor a putrefacción era insoportable. No hacía mucho tiempo que habían fallecido por el aspecto del cuerpo del padre. Había una fotografía, la cual tomé. Les cubrí los rostros con una cobija que tenían en sus pies y cerré de nuevo la puerta. Dejé la fotografía con Elena y fui al otro cuarto, donde tomé otra cobija y la coloqué por debajo de la puerta donde se encontraban los cuerpos. No quería que el olor impregnara el sótano, y ésta era la mejor manera para evitar eso.

—Éstos son ellos ¿verdad? —me dijo, señalando la foto.

Asentí con la cabeza, volviéndome a sentar a un lado de ella.

—Son decisiones que se deben tomar y creo que yo hubiera hecho exactamente lo mismo.

—A veces la decisión correcta es la que más duele, ¿cierto? —le dio la vuelta a la fotografía y vio algo escrito. Lo leyó en silencio, se limpió una lágrima y me pasó la fotografía.

El padre era un señor de unos cuarenta años, canoso, un poco subido de peso y con una sonrisa que debió ser muy contagiosa. En sus brazos llevaba a su niña que sonreía de oreja a oreja, mostrando unos dientes grandes. Tenía el mismo rostro que el padre. Le di la vuelta a la fotografía y lo que leí me conmovió: "Mi reina, sin estar, estoy. Te Amo". Guardé la fotografía en la mochila y abracé a Elena intensamente.

Nos sentamos en el suelo mirando la entrada al sótano. Las escaleras eran viejas pero firmes. La puerta blanca le daba una mayor iluminación. No parecía un sótano, más bien parecía un búnker muy amplio que habían improvisado.

Comencé a acariciar el cabello de Elena mientras posaba su cabeza en mis piernas. Me miró a los ojos y soltó un fuerte suspiro.

—Antes de todo esto, de perder a mi madre y de casi perderte a ti, no le temía a la muerte. Para mí era algo inevitable. Pero ahora no quiero morir, no quiero sufrir ni que la gente sufra por mi pérdida. Y si tengo que luchar por encontrar paz, que así sea. Encontraremos alguna manera de darle la cura a todos.

—Eres la persona con el corazón más hermoso que he conocido en mi vida. Y no sé... quizá... me gustaría tenerte en mi vida siempre.

—Y... no sé, quizá... me gustaría que no te murieras —susurró ella.

—Estás matando el romance, Elena. Yo tampoco quiero morir, pero si en verdad soy la cura, estoy listo. Y si es la única alternativa que tenemos para terminar con todo esto, la acepto en todos los sentidos —dije con un nudo en la garganta. El silencio cesó. Se empezaron a escuchar ruidos en la parte de arriba del edificio. Elena comenzó a hiperventilarse. La desesperación la estaba consumiendo. El final estaba más cerca de lo que creíamos.

—Buscaremos otra alternativa. ¡Debe haber alguna otra manera!

Alzó la voz, pero no muy alto para que yo no pudiera notar su preocupación.

—¡Entiéndelo, no la hay! En unos minutos entrarán por mí. Si tan sólo tuviera más tiempo para...

Se escucharon los pasos de los soldados que se acercaban; sabía que estaban más cerca de lo que parecía, pero no estaba seguro de cuánto tiempo me quedaba. No había tiempo que perder, tenía que hacer algo, y rápido.

—Creo que ya vienen —le susurré, mirándola a los ojos.

—No permitiré que te lleven. Si tan sólo sobrevivieras a esto, podríamos comenzar una revolución contra el gobierno y, tal vez, encontrar la cura a este desastre —sus ojos comenzaron a llenarse de lágrimas.

—Tal vez, pero tengo una bala en mi hombro y, si me llego a mover, se puede romper la arteria braquial y me desangraría en cuestión de minutos. Y si mi sangre es la cura para el virus, no hay otra salida, ¿me entiendes? —tenía que sonar tranquilo, no debía preocuparse más de lo que ya estaba.

Se sentía cómo temblaba el suelo por las pisadas de los soldados que se acercaban a toda prisa. Sabía que ya estaban dentro del edificio, buscándome.

—¿Escuchaste eso?

Asintió con la cabeza. Se puso de pie, colocó su mano derecha en la parte trasera de su pantalón y sacó un arma.

—Te sacaré de aquí, cueste lo que cueste. No hagas ningún ruido, ¿de acuerdo? —me susurró mientras caminaba hacia la puerta.

En el momento que iba a tomar la manija para abrirla, alguien del otro lado la abrió y entró al cuarto muy deprisa, volteando a ambos lados y cerrando tras de sí la puerta, dejándonos a su merced.

—¡Me voy a entregar, no dispare! —grité, poniéndome de pie.

Al momento de gritarle esto, el soldado retiró el casco que le cubría el rostro, revelando aquel rostro familiar que tanto anhelaba.

—Tranquilo, hermanito, soy yo. Todo va conforme al plan —susurró mientras se acercaba a mí.

Un sonido extraño quebró el silencio; mi hermano volteó a su cinturón y notó que su radio sonaba. Nos hizo señas con un dedo para que guardáramos silencio y contestó.

—Agente Prescott, ¿los encontró? —dijo la voz de la radio.

—Negativo, señor, el piso está despejado. Envíe al resto del equipo al último piso.

—De acuerdo, los enviaré, cambio y fuera.

Félix corrió hacia mí, nos caímos al suelo y me abrazó sin importarle absolutamente nada, como si el mundo no se estuviera acabando a nuestro alrededor; esos brazos que tanto extrañaba por fin estaba abrazándome y, pese a tener los ojos llenos de lágrimas, la mueca de seriedad predominaba en su rostro.

—¡Cuidado, lo puedes lastimar! Thomas está herido —refunfuñó ella mientras lo observaba con su mirada asesina, como siempre al acecho de mi protección.

Separé a Félix con un empujón. Me levanté tambaleante, sacudí el polvo y desabroché la chamarra lentamente, mostrando que era un simple rasguño. Al tirar la chamarra al suelo, el rostro de Elena se puso pálido, como si estuviera viendo a un muerto. Yo simplemente sonreí.

Me acerqué a ella para intentar quitarle el arma de la mano, pero ella daba un paso hacia atrás cada vez que yo me acercaba más hacia ella.

Capítulo 12

No matarías ni a una mariposa

—Escucha claramente, hermosa: para salir de aquí y hacer una verdadera revolución, la gente debe pensar que tú eres la cura.

Dicho esto, le toqué la mejilla para limpiar sus lágrimas. Ella, retrocediendo, me dejó con la mano extendida.

Félix se sacudió el polvo de sus pantalones. Se dirigió a la puerta y exclamó:

—¡Thomas, apresúrate! ¡No nos queda mucho tiempo!

Félix tomó su arma del cinturón y apuntó a la frente de Elena. Sentí cómo mi mundo se congelaba; esto no era parte del plan, ella no debía morir. Reaccioné sin pensar y me interpuse entre el arma y ella.

—Esto no era parte del plan, hermano, tú lo has dicho: todo debe ser tal y como lo habíamos planeado.

—No confundas sentimientos que no son verdaderos. Los planes cambian conforme a lo que se vive y a las circunstancias del momento, no a las pasadas. Olvídate de todo y haz lo que te diga.

Simplemente me quedé callado. Félix no era así, pero antes está la familia que nada en el mundo.

Ella se encontraba frente a nosotros con los ojos muy abiertos y sin decir nada. Soltó todo el aire que tenía y dijo en un susurro:

—¿Me... me mentiste? ¿Y todo lo que me dijiste? Yo te salvé, ¿recuerdas? ¿Me dejarás aquí después de todo lo que he hecho por ti? Pero ¿y la cura? ¿Qué va a pasar con ella?

Sus ojos estaban llenos de lágrimas. Por el tono de su voz supe que estaba en shock, pero tenía que llevar a cabo el plan si quería seguir con vida. Sus manos comenzaron a temblar y las lágrimas comenzaron a brotar de sus ojos. Levantó su propia arma y apuntó al pecho de Félix. Me interpuse entre su arma y mi hermano. Ella, que siempre estuvo para mí, estaba dándole una vuelta de ciento ochenta grados a todo lo que teníamos planeado. Lo único que pude hacer sin pensarlo mucho fue saltar hacia ella para tratar de arrebatarle el arma. La empujé al suelo y tomé el arma como pude. Ella empezó a golpearme en el pecho y a rasguñarme el rostro. Yo en ningún momento le regresé ni un golpe. La levanté con la fuerza que me quedaba y el arma se interpuso entre nosotros. Lo único que escuché con claridad fue el disparo. Sus profundos ojos azules se tornaron grises y sin vida. El brillo habitual que tanto me hacía sonreír, desapareció.

—Te... amo..., Thomas.

Las lágrimas querían brotar pero mi orgullo fue más fuerte. Simplemente la abracé con fuerza y, con un nudo en la garganta, le susurré al oído:

—Yo también te amo, Elena.

Dejé caer completamente su cuerpo en el frío suelo. Félix se acercó, golpeó mi hombro y me sonrió con orgullo.

—Era mi vida o la de ella, hermanito. Tenemos que irnos rápido.

Me levanté del suelo y miré el cuerpo moribundo. Para evitar el silencio incómodo o que mi hermano pensara que algo estaba mal, simplemente volteé a ver el cuerpo inconsciente de ella y le dije con el poco orgullo que me quedaba:

—Y.. no sé, quizá... me gustaría que no te murieras.

Sus ojos se cerraron completamente y su pecho dejó de subir y bajar. Félix volvió a sonreír con orgullo y salió rápidamente por la puerta. Me detuve un momento, la miré por última vez y unas lágrimas salieron de mis ojos. Salí cerrando la puerta a mi espalda, dejando a un lado lo sucedido, tenía que olvidarme de lo que ocurrió entre nosotros dos.

En cuanto se cerró la puerta detrás de mí, el aire se escapó de mis pulmones. Me quedé sin habla. Lo único que tenía en mi mente era cómo se fue perdiendo el brillante azul de los ojos de Elena. ¿Cómo fue que había pasado todo esto y no hice nada para detenerlo? Mi hermano había cambiado todo lo que teníamos planeado o, quizá más bien, nunca había sido ese el plan desde un inicio.

—¿Por qué hiciste eso, Félix? Ella no hizo nada malo, me ayudó desde un inicio. No merecía morir así.

—Relájate, hermanito, sabía demasiado y no podía ir con nosotros a Vancouver.

—Pero no era parte del plan. Más bien, ya no sé qué es lo que estoy haciendo. Te he tenido fe ciega con este plan, pero sobrepasaste los límites con esta decisión de último momento.

—Deja de lloriquear, Thomas, tenemos que apresurarnos. Ponte esto y no digas nada más. Tienes que seguir confiando en mí, hermanito —me entregó un casco y una chamarra de la policía y comenzó a guardar la otra ropa en una mochila.

Todo me quedaba a la perfección. Parecía ser que el plan de Félix sí seguía como lo tenía planeado.

—Listo. ¿Cómo salimos de aquí sin que nos vean?

—¿Quién dijo que no tenían que vernos? Sólo sígueme la corriente y deja que yo me encargue de todo —Félix acomodó mis cosas en una maleta que estaba en la entrada al sótano y se la colocó al hombro.

Comenzamos a subir las escaleras que daban al sótano. La luz lastimaba mi vista, pero el casco que protegía todo mi rostro calmaba un poco la intensidad del brillo. Félix empezó a caminar delante de mí hasta llegar a la puerta principal. A su paso, todos hacían el saludo militar y se quedaban completamente inmóviles, como si fuera un alto mando. El respeto hacia él se notaba mucho. Sabía que era un buen policía, pero un saludo tan formal me resultaba extraño.

—Descansen, soldados. De acuerdo, la información que nos fue otorgada estaba correcta a medias. Nos comentaron de dos posibles rebeldes, pero sólo hay un cuerpo en el sótano. Al parecer, la muchacha perdió la vida. Hay pocas provisiones y eso me da a entender que sólo era ella. Alguien quiso robarlas y la asesinó. Fuera de eso todo está en orden, así que podemos continuar la búsqueda o simplemente regresar a Vancouver a descansar y cerrar este caso como si nada hubiera pasado.

Todos comenzaron a hablar en susurros pero nadie decía nada directamente a Félix. Sólo comenzaron a avanzar hacia afuera del edificio sin hacer ningún comentario ni mirarlo directamente. Félix sacó unas gafas de aviador y se las colocó rápidamente. Me indicó con la cabeza de que siguiera avanzando. Nadie preguntaba por mí, parecía uno más de ellos. Eso era muy extraño pero, a la vez, se me hacía tan normal, tan familiar... Extrañaba demasiado a Félix y tenerlo conmigo de nuevo era como un respiro. Al mismo tiempo, comencé a recordar a Elena, su último aliento, cómo el brillo desaparecía de sus ojos y sus últimas palabras.

—¡Fíjate por donde caminas, soldado! ¡No eres el único que tiene prisa por regresar a su hogar!

El soldado medía un poco más de un metro noventa. Probablemente, de un golpe me hubiese tumbado pero, si eso ocurriese, yo no me iba a quedar con los brazos cruzados. Lo único que quería era pasar desapercibido y estar lejos de los problemas.

—Lo lamento, no se repetirá.

—No lamente nada, teniente —Félix se interpuso entre aquel soldado y yo.

La tensión comenzó a aumentar. El soldado empezó a balbucear y Félix simplemente alzó la voz.

—¿Algún problema, soldado? Creo que no lo había presentado formalmente. Él es el teniente Smith, así que un poco de respeto a su superior.

—Lo lamento, general, no tenía idea. Mil disculpas, teniente Smith.

—No hay problema, pero que no se repita.

El soldado, con el rostro pálido del susto que le habíamos dado, continuó su camino a los autos que estaban a unos cuantos metros.

—¿Me puedes explicar qué demonios está sucediendo, Félix?

—Aquí no, Thomas. Solamente sígueme la corriente.

Los autos comenzaron a llenarse. Pensé que eran, como mucho, diez soldados, pero no. Lo de neutralizar a los rebeldes se lo tomaban muy en serio, y no porque estuvieran causando desastres, sino porque los mismos se rehusaban a estar limpios y así evitar contraer la enfermedad. Ellos eran un gran foco para esparcirla. Félix sabía de esto desde hacía mucho tiempo y siempre me lo comentaba. Él siempre quiso estar en la verdadera acción con los rebeldes y no encerrado detrás de unas rejas.

Unos soldados se acercaron a Félix, hablaron rápidamente con él y se subieron a un auto aparte del resto de los soldados.

Félix comenzó a caminar y se subió a un pequeño todoterreno de color negro. Yo, a la vez, subí de copiloto. Arrancó rápidamente sin decir ninguna palabra. Las casas eran escombros y las calles estaban más desiertas de lo habitual aquí en las afueras. No quise presionarlo con lo que estaba sucediendo. Mi fe en él no había desaparecido. Debía haber un porqué de todo lo que estaba sucediendo. El aire nos movía el cabello. Mientras Félix lo dejaba y continuaba manejando, yo intentaba aplacarlo. Tenía la mente en blanco. Algo fugaz pasó entre mis pensamientos: Michael y Riley nos estaban esperando y solamente regresaba yo, sin Elena. Las lágrimas quisieron brotar, pero no podía desahogarme con Félix a mi lado ya que eso me ocasionaría muchos problemas con él. Respiré hondo y me volví a acomodar los mechones largos que me caían en la frente.

—¿Todo bien, hermanito? Te ves distraído.

—De maravilla, Félix. Sólo decirte que tenemos que pasar al hospital que está cerca de la entrada a Vancouver. Riley está con un amigo esperándonos.

—Oh, eso sí que no me lo esperaba, pero está bien. No obstante, me debes una explicación sobre todo esto. Quedamos en que no harías amigos aquí afuera, ¿recuerdas?

Asentí lentamente sin voltearlo a ver. Sabía que había metido un poco el pie y que, probablemente, la muerte de Elena fuese mi responsabilidad. El destino de Michael no estaba muy claro.

El hospital no parecía tan abandonado como el resto de la ciudad. Aún había electricidad pero las ventanas estaban rotas y las puertas abiertas. Ahí estaban Michael y Riley sentados en la entrada. El primero se levantó rápidamente cuando frenó el auto a unos cuantos metros frente a ellos; sacó un arma y comenzó a apuntar al automóvil. Bajé lentamente con el casco aún en mi rostro. Conforme caminaba hacia él, levanté las manos y me quedé inmóvil, quizá demasiado cerca para su buena puntería.

—¡Retírate ese casco, estoy armado y no dudaré en dispararte...!

—Amigo, tú y yo sabemos que no matarías ni a una mariposa —me retiré el casco y comencé a reír fuertemente.

Riley corrió directamente a intentar alcanzar mi rostro, así que me puse de rodillas y dejé que me llenara de besos mientras Michael corría hacia nosotros y nos abrazaba.

—Demonios, Thomas, pensé que nunca regresarían. Ya estábamos muy enfadados de estar aquí. Encontramos medicamentos y muchas provisiones. ¿Por qué Elena no se baja del auto?

Sentí un nudo en la garganta y mis ojos se pusieron cristalinos. Félix se bajó lentamente del auto y se cruzó de brazos frente al mismo, mirándome fijamente.

—¿Qué, no me extrañabas, Riley? —dijo de repente.

Riley corrió y brincó a sus brazos. Su risa era tan pura que me hizo sentir como si estuviera en mi hogar.

—Thomas, ¿qué está pasando?, ¿quién es él?, ¿dónde está Elena? —Michael empezó a hablar demasiado rápido y repetía una y otra vez las preguntas.

—Soy Félix Prescott, su hermano mayor, un gusto —se acercó a Michael y le ofreció su mano para saludarlo.

Michael, con cara de confusión, le regresó el saludo.

—Michael Grayson, un gusto —saludó sin dejar de mirarme fijamente.

—Michael, no sé cómo decirte esto...

Félix se dio cuenta de que la voz se me estaba cortando, por lo que se alejó tomando las cosas que estaban en las escaleras para llevarlas al auto.

—No tarden mucho. Creo que mejor los espero en el auto. Ven, Riley, te daré comida.

—Tom, explícame qué pasó, no te guardes nada.

—Michael, Elena murió. Nos tenían rodeados. Yo salí herido. Todo fue demasiado rápido. Félix apenas me sacó vivo de ahí.

Michael se tiró al suelo de rodillas y comenzó a sollozar. Mi corazón se volvió a sentir vacío y no había ninguna palabra que pudiera sanar el dolor que ambos sentíamos. Los minutos parecieron eternos. Llorar frente a Félix no era lo más viable. Levanté a Michael quien, entre sollozos, decía algo que no podía entender, así que le indiqué con las manos que inhalara y exhalara para poder comprenderlo.

—Ella era tu responsabilidad... Lo prometiste.

—Lo sé, Michael... Hice todo lo que pude, en serio —mi voz se cortaba con cada palabra que decía y, desde el fondo de mi corazón, añoraba su perdón por la traición que le había hecho a esa promesa de hace unos días.

—No estoy molesto, más bien no sé cómo me siento. Me siento extraño, siento un vacío en mi corazón. Y desquitarme contigo no traerá de regreso a Elena.

—Sé exactamente cómo te sientes, amigo mío.

—Chicos, lamento su pérdida, pero tenemos que irnos de aquí, ya está anocheciendo y no quiero más problemas por el día de hoy.

Subimos sin decir ni una palabra más y arrancó de nuevo. Unos meses atrás las rejas que dividían la seguridad de Vancouver con las afueras eran tan diminutas que nunca imaginé que podrían remodelarlas. Pero estaba completamente equivocado. Lo que vi rodeando a Vancouver era un muro gigante. ¿Cómo pudieron lograrlo en tan sólo dos meses? Sólo había una explicación: poder y dinero. Se sentía mucha tensión en el auto y no sabía con exactitud cómo íbamos a entrar sin ser detectados.

Félix frenó antes de que nos detectara una gigantesca lámpara cerca de la entrada principal que se movía de derecha a izquierda. Sacó de debajo de su asiento una pequeña tableta y empezó a escribir rápidamente sin emitir ni un solo sonido. Se bajó del auto rápidamente y buscó en la cajuela, regresando y entregándonos ropa envuelta en pequeñas bolsas de papel. A Michael le pasó también un collar con placa para ponérselo a Riley. Todo parecía ir en cámara lenta.

—Thomas, no hay tiempo para que te quedes congelado. Cámbiate rápido, no queda mucho tiempo.

Asentí y rápidamente me cambié sin decir nada más. Me puse una camiseta de vestir de color azul marino con mi nombre bordado en el lado izquierdo, una chamarra negra nueva y un gafete con el logo que tenía pegado el todoterreno en todos lados. Michael traía el mismo traje que los soldados que había visto antes. Su rostro desapareció con el casco y se colocó junto a la cajuela. Sujetó a Riley con una correa en su mano derecha y se pusieron firmes.

—Así es como actuaría un soldado. Puedo ser actor en cualquier momento de mi vida.

—Sí, amigo, haces un buen papel, pero no podemos entrar así como si nada pasara. Félix, no estamos en el programa. Yo escapé de aquí, probablemente me tengan fichado como peligroso.

—Por eso te digo que confíes en mí —dijo Félix—. Síganme la corriente.

Comenzamos a avanzar detrás de él. Félix caminaba como si entrara a su propia ciudad, como si fuera el amo y señor del mundo. Lo detuvo el oficial en la pequeña caseta de la entrada, pero rápidamente abrió las enormes puertas y lo dejó pasar. En cuanto comenzamos a cruzar las puertas, nos detuvo rápidamente.

—Alto ahí, necesitan pasar por un chequeo antes de entrar. Ustedes saben el protocolo, soldados. Síganme, rápido, no queremos hacer esperar al señor Prescott.

—Sí, creo que nadie quiere hacerle perder su tiempo.

Sacó un escáner de la caseta, me pidió mi gafete, lo escaneó y se quedó mirando la pequeña pantalla.

—Thomas Prescott. Pensé que nunca tendría el honor de tenerlo frente a mí. Espero que su viaje haya sido exitoso. Lo habíamos estado esperando.

Félix había cubierto mi coartada, pero Michael era el enorme problema. El soldado se acercó a escanear ahora a Michael y sólo asintió. Nos regresó nuestros pases y nos dejó pasar por las enormes puertas sin ningún problema. Avanzamos lentamente sin mirar atrás. Félix nos detuvo.

Se quitó las gafas y las colocó en un bolsillo dentro de su chamarra. Vancouver estaba completamente iluminada, aún había gente en las calles. El ruido era relajante para mis oídos, me sentía otra vez tranquilo porque estaba de nuevo en mi verdadero hogar.

—Bienvenidos de nuevo a Vancouver. La fiesta está a punto de comenzar, así que abróchense los cinturones que se va a poner un poco complicado y ya no hay marcha atrás.

Interludio. Félix Prescott

—Adáptate o muérete, hermanito.

Ir hablando de un tema tan delicado mientras teníamos a alguien desconocido dormido en la parte de atrás del automóvil no era bueno para mi plan. Thomas no dijo nada más, sólo asintió lentamente y se recargó en la ventana. ¿Qué otra cosa le puedes decir a tu hermano cuando acabas de asesinar al que él cree que es el amor de su vida? Pensé que separarnos por unos meses nos ayudaría, y sí lo hizo en ciertas cosas, pero no hacer todo tal como estaba planeado puede que haya alterado el plan.

El viaje fue largo. Ir a la mínima velocidad ayudó a que me perdiera en mis pensamientos y así poder idear un nuevo plan a partir de lo que cambió. Lo único que esperaba es que Thomas siguiera confiando ciegamente en mí como yo lo había hecho en él.

Capítulo 13

Borrón y cuenta nueva

No podía creer que todo el plan de Félix saliera como él quería, era demasiado bueno para ser verdad. Aún tenía muchas preguntas que hacerle respecto a todo el desastre que había sucedido. Subimos al auto y éste comenzó a avanzar lentamente. Michael se retiró el casco y observó maravillado todo lo que estaba sucediendo a su alrededor, sonriendo mientras apuntaba todo lo que pasaba por su mirada. Creo que en los últimos cinco años no había visto la vida normal que llevaban los privilegiados, lo cual es extraño ya que su apellido era de renombre. No obstante, así como yo tenía dudas sobre él, él tendría el doble de incógnitas acerca de mi hermano, de mí y de qué es lo que pasó realmente ahí afuera.

A pesar de que el ruido de la civilización me relajaba, era algo que odiaba cuando estaba aquí. Como dice el dicho: "No sabes lo que tienes hasta que lo pierdes". A los pocos minutos de ir en el auto, caímos completamente dormidos. De repente, me despertó el sonido de estática de la radio.

Doblamos en una esquina un poco menos transitada. Las casas parecían pequeñas mansiones. Era el barrio de los ricos. Siempre soñábamos con tener una casa aquí pero, por el salario de Félix y que la mayoría de los gastos se iban en mis estudios, nos conformábamos con nuestra humilde casa en el centro de la ciudad.

Nos estacionamos frente a una casa más grande que la casa en la que viví con Félix y Riley. Era de color crema, con un pequeño jardín en la entrada y dos ventanas enormes que daban al interior de la casa. Era una mansión.

—Listo, hemos llegado. Vamos a que coman algo y se den una ducha. No me imagino cuando fue la última vez que se dieron un buen baño.

—Hermano, ésta no es la casa que yo recuerdo. Vivíamos en el centro.

—Lo sé, pero muchas cosas han cambiado por aquí, hermanito. Vamos adentro y te lo explicaré con más calma.

Tomó sus cosas de la cajuela. Riley corrió detrás de él. Abrió la puerta de la casa con sólo poner su huella dactilar en una pequeña pantalla. Michael tenía cara de sorprendido, como si ese toque de tecnología fuera el mejor hallazgo en los últimos años.

—Esto es demasiada tecnología para mí, amigo, pero creo que deberíamos entrar. Una comida caliente y un baño no me harán nada mal.

—Pareciera que nunca hubieras visto algo así, pero no es nada del otro mundo. Aquí hay mucho de esto, así que vete acostumbrando.

Caminamos lentamente dentro de la casa. Había una enorme sala de estar con una chimenea a mano izquierda, dos sillones de color café y una mesa de estar con un ajedrez tallado a mano. Las escaleras, frente a la puerta, eran muy elegantes y de color caoba. A mano derecha estaba el comedor donde había una mesa para seis comensales. En el centro de ésta había un enorme florero con tonalidades naranjas. Los colores de la mesa y las sillas estaban en sintonía con el resto de la casa. Era una casa digna de reyes. Y nosotros sólo nos hubiéramos imaginado ser reyes en nuestros sueños más locos.

Félix ya estaba en la cocina preparando algo que tenía un olor único y delicioso. Quizá lo sentí así porque me moría de hambre.

—¿Qué es lo que estás cocinando? Huele mucho a especias... y me muero de hambre.

—¿Por qué no suben a darse una ducha, cambiarse la ropa por algo más cómodo y ya bajan a comer? No tardaré mucho en preparar esto.

Michael no comentó nada y subió rápidamente las escaleras. Al alcanzarlo, noté que estaba observando alrededor sin meterse todavía en ninguna habitación. En la primera puerta a la izquierda había una T gigante, lo que me dio a entender que era mi habitación. La puerta se abrió y una cama enorme en el centro me llamó la atención. También había un librero a la derecha lleno de libros, un escritorio frente a la enorme ventana y una computadora completamente nueva. Corrí y me lancé sobre la cama, la cual era muy cómoda, dándome la sensación de que estaba acostado sobre una nube. Michael se arrojó sobre mí y me aplastó, sacándome todo el aire. Comenzamos a carcajearnos mientras intentaba tomar aire. Parecía verdaderamente "un hogar, dulce hogar".

Michael se levantó y empezó a buscar entre los libros; él era fanático de la política, las guerras y conspiraciones y, al mismo tiempo, de lo paranormal. Aunque éramos completamente diferentes, podríamos hablar durante largas horas y nunca terminábamos peleando como comúnmente ocurre con la gente de mente cerrada en determinados temas. Me paré frente al enorme librero y me sentí minúsculo con tantos libros. Me percaté que no todo eran libros juveniles, novelas clásicas o libros de entretenimiento, sino que también había una gran cantidad de libros de medicina, algo que meses atrás no hubiera podido tener por la escasez de éstos. Mis ojos brillaban de emoción y comencé a hojearlos uno por uno, algunos ya gastados y otros aún envueltos en papel transparente. No podía creer que Félix hubiera gastado tanto en mí.

—Me imaginé que estarías bobeando con todo esto pero la comida ya está lista, así que tendrán que ducharse después de comer.
—¿Cómo...?
—Vamos a comer y te explicaré todo esto.

Caminamos detrás de Félix. Miles de preguntas se formaban en mi cabeza y no estaba del todo seguro si quería saber la respuesta a todas ellas.

La mesa estaba ya puesta. Un olor exquisito inundaba el aire. En el centro de la mesa había una botella de vino y una fuente con carne rodeada de verduras y papas. Se veía delicioso, tanto así que sentía deshacerse la carne en mi boca. Tomamos lugar y Félix comenzó a servir el vino en tres copas. Los ojos de Michael brillaron de emoción con tal platillo. Nunca nos faltó una comida viviendo con los Moore, pero la destreza en la cocina de mi hermano era inigualable. Después de meses sin probar su comida, parece que se había esmerado el doble de lo normal para quedar bien.

—De acuerdo. Es carne Kobe al horno con verduras y legumbres bañada en vino y un poco de vino tinto para acompañar. Espero que la disfruten.

—Félix, estoy sorprendido. Huele delicioso e imagino que el sabor es aún mejor.

—Vamos a clavarle el diente a esto y después comenten sobre la comida, por favor.

Michael, sin pensarlo dos veces, comenzó a servirse porciones de todo lo que estaba a su alcance. Su cara de felicidad con el primer bocado fue más que suficiente para que el ego de Félix aumentara aún más. Tenía que reconocerlo, efectivamente sabía delicioso. Tenía un toque que me recordaba mucho a mi niñez en Halton Hills.

—Ahora la pregunta del millón es: ¿Cómo fue que conseguiste esta carne? Tú y yo sabemos que no es nada fácil conseguir carne, y mucho menos de esta calidad.

—¿En serio primero quieres saber de la carne antes que de todo lo demás?

—De acuerdo. Empieza desde el inicio.

—Bueno. En cuanto te escapaste de aquí, me encargué de que todos creyeran que te habías ido por asuntos familiares y que el desastre que había sucedido no tenía nada que ver contigo. Me junté con la gente correcta en el momento correcto —Félix tomó aire y le dio un sorbo a su copa de vino antes de continuar.

—Soy el general de todo el ejército aquí en Vancouver y el jefe de seguridad personal del gobernador Pierce. Los lujos son parte del perfecto trabajo que tengo. Puedes incorporarte de nuevo a tus clases de medicina, ya no hay impedimento con el dinero. Somos libres de hacer lo que queramos aquí dentro.

—De acuerdo, eso lo entiendo, pero ¿por qué allá afuera me nombraste teniente Smith?

—Se supone que aún no llegabas de tus asuntos familiares. Teniente Smith es un alias que utilizo siempre en emergencias como éstas, así que no te preocupes, no creo que te reconozcan los soldados aquí dentro.

—Félix, no sé qué decirte, estoy impresionado. Todo es tan perfecto... Estoy orgulloso de ti, hermano.

—No hay nada más que decir, hermanito. Y en cuanto a ti, Michael, te integré como escolta personal de Thomas, así no habrá sospechas de que vayan a todos lados juntos. Solamente un favor: cuando estés en las calles, utiliza el traje especial. Deberían darse una ducha y descansar, mañana tenemos muchas cosas que hacer.

—De acuerdo, Félix. En serio, gracias. No me decepcionaste en nada, hermano.

—Lo sé, hermanito. Y, por cierto, los Pierce tienen su propio ganado Kobe, además de otros ciertos privilegios que tengo.

Me guiñó el ojo y se retiró del comedor. Parecía más maduro, la barba crecida en su rostro le aumentó algunos años; ya no era aquel policía con un plan alocado que pensábamos que nunca funcionaría. Pero, ¿por qué habíamos hecho todo eso? ¿Poder? ¿Riquezas? ¿O sencillamente había algo que no cuadraba en todo este alocado plan?

Limpié la mesa, lavé los platos mientras tarareaba la canción de cuna que mi mamá solía cantarme y, de repente, la voz de Elena sobresaltó mis pensamientos como una estrella fugaz, sólo deleitándome unos segundos para desaparecer enseguida. La extrañaba demasiado. Por muy rápido que fue conocerla, robó mi corazón en el instante en que me miró con sus profundos ojos azules.

En cuanto subí de nuevo las escaleras, Michael se encontraba en la regadera, así que me tocó esperar mi turno para darme una ducha. Entré de nuevo a mi habitación y abrí la puerta del clóset. Para mi gusto, era demasiado grande y tenía demasiada ropa. Con todo lo que había no creo que repitiera ropa más de una vez al mes. Saqué un pantalón de pijama y una camiseta a juego y me recosté en la cama, mirando por la ventana.

Mi habitación se llenó de la poca luz que quedaba de ese día. Pensaba que realmente no tenía ninguna estabilidad desde que todo había comenzado.

Michael gritó que ya era mi turno para darme una ducha, así que me levanté y respiré hondo, inhalando la nueva vida en Vancouver y exhalando la vida fuera de aquí.

Capítulo 14

Eventualmente existirá

Me tomé mi tiempo en la regadera. El agua se sentía más fresca que allá afuera, la temperatura era perfecta y no quería salir de allí. El agua que caía a mis pies no era cristalina, sino de tonos grises y rojos por la sangre que aún salía de la herida de mi hombro. Salí lentamente de la regadera, coloqué la toalla en mi cintura y me paré frente al espejo del lavabo; la barba me había crecido, mis rizos se caían de tan largo que estaba mi cabello y mi cara se veía demacrada por la falta de un buen sueño rejuvenecedor. Me cepillé los dientes rápidamente y me dirigí de nuevo a mi habitación.

Riley estaba completamente dormida en la cama. Tomé una pequeña cobija que había a los pies de ésta y se la coloqué encima. Éste no se inmutó y siguió roncando plácidamente. Me puse el pijama rápidamente y tomé un libro de tanatología completamente nuevo. Mientras caminaba de regreso a mi cama le quité el plástico protector al libro, me acomodé entre las cobijas, encendí la lámpara de un lado y empecé a hojear el libro, sintiendo las hojas y el olor a libro nuevo que sale de cada página.

Leer sobre tanatología no era mi fuerte, ni mucho menos la psicología. Sólo quería entender por qué la muerte de Elena dolía tanto. Pero este sentimiento debía ser pasajero. "La muerte no es un fin, es un nuevo comienzo. No es soledad, es reencuentro con tus seres queridos". Las lágrimas comenzaron a brotar sin avisar. Era verdad, Elena ya estaba con sus padres, estaba en paz. Y si ella estaba en paz, probablemente algún día pueda estar yo también. Mis ojos se empezaron a cerrar divisando a Elena corriendo en una pradera, con una sonrisa tan radiante que hubiera podido iluminar el lugar más oscuro. .

—Thomas, levántate, por favor. Tenemos que desayunar rápido, Félix nos está esperando. Creo que tenemos que ir a un lugar con él.

—Me rehúso a levantarme, éstas no son las horas de despertar.

—Amigo, son las diez de la mañana. Rápido, arréglate, hay café y pan tostado. Te espero en la cocina.

¿Por qué con todos los días que teníamos, las obligaciones tenían que hacerse justo el día después de llegar a Vancouver? Si por mí fuera, me hubiese quedado hibernando hasta quién sabe cuándo.

Me levanté rápidamente, tomando una camisa de vestir azul claro, unos jeans y unos zapatos a juego; me veía profesional y un poco mayor. Peiné mi cabello hacia atrás y me puse unos lentes de aviador que estaban aún en su caja. Bajé rápidamente las escaleras. Ahí estaba Michael con una enorme taza de café en una mano y en la otra un pan lleno de mermelada. Félix no estaba en la cocina ni en el comedor, así que aún no estaba listo al parecer. Me serví una taza de café, tomé un pan, le coloqué mantequilla de maní y me senté a un lado de Michael.

—¿Dormiste bien, Thomas? Honestamente yo dormí como un bebé. La cama es demasiado cómoda. Creo que no había dormido tan placenteramente en muchísimo tiempo.

—Me alegro que hayas descansado, amigo. Sí, coincido contigo, caí en una especie de coma anoche, no recuerdo en qué momento me quedé dormido.

Mientras Michael me narraba su sueño de cómo voló por los cielos utilizando un simple papalote, Félix entró al comedor. Ya no usaba la vestimenta de simple patrullero, sino que se puso algo más informal, más de su estilo. Se sirvió el café en un termo platinado, le gustaba sin azúcar y sin leche: "El café se toma negro, así como es, sin más ni menos. Si no, no es café", solía decir siempre que le intentaba preparar café a mi estilo.

—Vámonos, ya es tarde, y no creo que quieran llegar tarde el día que van a conocer a los Pierce. Michael, tu traje está en la entrada, recuerda que afuera no te lo puedes quitar para nada. Y tú, Thomas... —me observó detenidamente como estaba vestido y asintió con la cabeza—. Tú estás bien. Ya, vámonos.

Michael corrió a la entrada, colocándose el traje de pies a cabeza en menos de un minuto. Riley bajó corriendo las escaleras. Su collar llevaba una placa gigante y brillante, lo que le daba otro estilo. Félix parecía haberle dado un baño ya que su pelaje brillaba. Tomé mi propia placa que estaba en la entrada con mi nombre enorme y brillante grabado en la misma. Michael se apresuró a ponerse sus botas militares e intentar salir antes que yo. Me detuve un momento en la puerta y observé cómo Félix lucía relajado, más profesional, más orgulloso de sí mismo. En lugar del automóvil de general con el que llegamos el día anterior, enfrente de la casa había un auto deportivo de color negro con vidrios polarizados.

Las calles estaban limpias. Había más gente en ellas que lo que normalmente acostumbramos a ver meses atrás. Además, se estaban construyendo más edificios. Y yo que pensaba que no iban a dejar entrar a gente del exterior... Había vida, algo que hacía muchísima falta. Las tiendas estaban a tope y no había ni una sola cara larga entre la gente que estaba caminando por las calles.

La familia Pierce no vivía en la misma zona que nosotros, sino un poco más retirados, en la zona lujosa. Y yo que creía que nuestra nueva casa lo era... Al avanzar entre la avenida principal, los carros se volvían más exclusivos, el césped estaba cortado a la perfección, no había basura en las calles y la música jazz sonaba por las bocinas en cada esquina.

Nos detuvimos en un semáforo. Frente a nosotros avanzaron muchos niños de diferentes edades con algunos adultos entre ellos, al parecer para su seguridad. A mi derecha se encontraba el único colegio de todo Vancouver, al cual asistían alrededor de doscientas personas, cursando desde preescolar hasta la universidad. Ahí es donde yo solía asistir a clase o, más bien, regresaría a clases, ya que me retrasé un semestre completo por mi "asunto familiar". No obstante, no debía de preocuparme pues Félix ya había preparado todo mi regreso. La incógnita era: ¿quería regresar a estudiar medicina si yo era la cura a todo ese desastre?

Después de que el mar de estudiantes terminara de cruzar la calle y el semáforo se dignara a cambiar de color, continuamos el camino. Félix nos repitió lo mismo de la noche anterior, sólo contestaremos si nos lo pedían y no mencionaremos nunca que Michael viene de fuera. Eran recordatorios sencillos, pero nuestra vida dependía de estar en sintonía con lo que podíamos decir entre los tres. Dio vuelta a la derecha, hacia un muro de cinco metros de altura que impedía la vista del lugar. Desde el mismo se acercó a nosotros un guardia, saludó rápidamente a mi hermano y abrió la enorme reja sin preguntar nada más. Había áreas verdes a ambos lados, árboles enormes y demasiada seguridad para mi gusto. Félix notó mi inconformidad con tanta gente en un mismo lugar y, simplemente, me despeinó el cabello con una mano mientras continuaba manejando por la entrada hacia la enorme mansión que se vislumbraba desde la entrada.

—Sé lo que estás pensando, hermanito, pero intentaron entrar a estas instalaciones hace poco y no quiero que vuelva a suceder. La hija del gobernador se llevó un buen susto, pero todo está en orden ahora.

—¿Por qué muchas veces pienso que me estás leyendo la mente?

Félix soltó una carcajada ronca y siguió manejando sin despegar los ojos del camino.

Enfrente de la mansión había un enorme árbol de cerezo lleno de vida. Félix detuvo el auto frente a las escaleras y descendió de él sin decir nada. Michael se acomodó rápidamente la máscara y lo siguió. Le dio unos golpecitos a la ventana de mi lado con un dedo y, tras una respiración profunda, me bajé junto a Riley. Félix se encontraba en la puerta saludando a algunas personas y Michael estaba quieto a unos pasos de mí. Caminé lentamente al árbol, que estaba dando una sombra perfecta para estar recostado debajo de él. El tronco era enorme y de un color café obscuro opaco. En medio de éste había unas letras talladas que decían "Skyler", junto con un corazón dibujado muy detalladamente.

—¿Y tú?

Todos mis sentidos se apagaron al escuchar la voz más dulce que jamás había escuchado. Elena tenía una hermosa voz, pero ésta era más dulce y aguda. Volteé lentamente y ahí estaba ella, un poco más baja que yo, con cabello rubio y ondulado y unos ojos azules que me recordaban al mismo cielo. Tragué la saliva que se había acumulado y le dije con mi mejor tono de voz.

—Thomas Prescott, un gusto —alargué mi mano para darle un saludo formal, pero me dejó con el brazo estirado mientras caminaba alrededor del árbol.

—El hermano menor del agente Félix. Pensé que nunca te conocería, pero sí, qué gusto que por fin me conozcas tú a mí. Probablemente tu hermano habla maravillas de mí.

El aire empezó a mover su cabello y, en su intento de peinarlo con los dedos, se despeinó aún más.

—Honestamente no sabía nada de ti, solamente que el gobernador Pierce tiene una hija y hasta ahí.

—En ese caso, qué bueno que empezamos desde cero —estiró su mano para un saludo un tanto formal y sonrió.

—No creo que haya un inicio aquí.

—No te preocupes. En algún momento se dará el inicio— se volvió a peinar el cabello hacia atrás y dio media vuelta sin decir nada más.

«Creo que me acabo de ganar una enemiga», pensé. Riley subió las escaleras y me ladró para que regresara a la realidad. Allí comenzaba la nueva vida de mi hermano y la mía. Michael estaba en la puerta esperándome, haciéndome señales con la mano para que entrara. Escuché que Félix me gritó para que me apresurara de una vez por todas.

Capítulo 15

¿Escuchas ese crujido?

Imaginé que la mansión sería extravagante por dentro, pero me equivoqué. Para ser la mansión de un gobernador, era muy sencilla. Los muebles eran de tonos claros. A mano izquierda estaba la sala de estar, donde se encontraba Félix sentado con una copa de vino en una mano platicando muy cómodamente con el gobernador Pierce. Nunca había tenido la dicha de tenerlo tan cerca. Si bien tenía una idea de cómo era físicamente por los anuncios en la televisión y la propaganda de Vancouver, resultó que era un poco más alto de lo que esperaba. Su barba era blanca, estaba un poco canoso y su complexión era la de alguien joven. No obstante, su rostro denotaba que tendría alrededor de cincuenta años.

El gobernador me miró fijamente y, con una señal de la mano, me invitó a sentarme con ellos. Michael se quedó en la entrada en posición firme y Riley se recostó a sus pies.

—Así que eres el famoso Thomas Prescott. Un gusto. Tu hermano me ha contado maravillas de ti.

Estiró su mano y le regresé el apretón. Mientras me servía una copa de vino, tomé asiento en el sillón individual frente al gobernador.

—Veo que es cierto que hablaba de mí. Pensé que no me extrañaba.

—Podrías pensarlo así, pero la realidad es que movió todo por tener el puesto que tiene y acomodarte en donde están viviendo ahora. Quería que a tu regreso todo estuviera en excelentes condiciones. ¿Ya regresarás a clases o esperarás a que termine el semestre para reincorporarte?

—Por lo que veo está al tanto de todo, gobernador Pierce.

—La verdad que sí, sé todo lo que sucede tanto aquí dentro como allá afuera.

Sus ojos se posaron en su copa de vino y dejó salir todo el aire que había acumulado con esa última frase.

—¿Sabe cómo está la situación allá afuera? ¿Por qué no los ayuda?

Inmediatamente me arrepentí de mis palabras. Félix me miró pero no emitió ninguna palabra.

—Pensé que habías viajado en avión o avioneta, pero qué bien que lo hiciste por carretera.

Todavía hay muchas cosas buenas que se pueden admirar y pudiste observar cómo está la situación allá afuera —afirmé lentamente con la cabeza y continuó—. Bueno, entonces sabes que están escasos de recursos, tanto de alimentos como medicinas. Espero que no hayas convivido con nadie allá afuera, no sabemos en qué etapa está la enfermedad. Lo que estamos haciendo es, una vez al mes, dejar entrar a Vancouver a aquéllos que no tienen ningún tipo de enfermedad. A partir de diciembre, y gracias a tu hermano, empezarán a funcionar unos centros de ayuda que ya se han establecido en lugares estratégicos de las ciudades más importantes de Canadá. Según como nos vaya, los iremos expandiendo hasta donde podamos.

Me quedé muy impresionado con lo que me acababa de decir el gobernador, y aún más sabiendo que la idea de establecer esos centros de ayuda fue generada por mi hermano. Pensaba que a nadie le importaba la gente de afuera y que estarían a la deriva por mucho más tiempo.

—Por tu reacción creo que tu hermano no te había comentado nada.

Negué con la cabeza y le di un sorbo al vino; era dulce, pero no empalagoso, y estaba a una temperatura perfecta para querer seguir bebiendo.

—Hay muchas cosas que aún no le comenté, señor. No pensé que podría hablar de todo esto con él.

—Es tu hermano, Félix. Confío en ti. Si tú confías en él, sé que toda esta información está en buenas manos. Además, trabajará aquí con nosotros, por lo que debe estar informado de todo lo que sucedió en su ausencia y lo que está próximo a suceder. Bueno, me retiro, tengo una llamada importante. Están en su casa. Félix, explícale a tu hermano todo lo que necesite y nos vemos a la hora de la comida. Con permiso, jóvenes.

Todos se levantaron en el momento en que él lo hizo, despejando mi idea de que los modales se habían perdido. Félix se acercó a mí y me tomó del brazo. Nos dirigimos de nuevo a la entrada. Michael y Riley nos siguieron.

—¿Acaso no te dije que no hablaras más? —me susurró al oído sin detenerse.

—Perdón, Félix, fue impulsivo el comentario. No volverá a suceder.

Intenté soltarme de su agarre para poder mirarlo a los ojos y decírselo cara a cara para que me creyera.

—Eso espero, hermanito, por tu bien. Mi plan no se va a arruinar por culpa tuya.

Me soltó y siguió caminando. Mientras le seguía el paso a unos cuantos metros detrás de él, Michael se acercó a mí y me habló en susurros.

—¿Todo bien entre ustedes? Tu hermano no se veía muy contento con lo que pasó allá dentro.

—Nada de qué preocuparse, Michael, un simple problema entre hermanos. Vamos a alcanzarlo que no creo que le ponga de buen humor si nos tiene que esperar.

Comenzamos a avanzar juntos.

El jardín trasero de la mansión de los Pierce era inmenso pero sencillo. Imaginé que sería ostentoso y lleno de lujos, pero no. Sólo se respiraba tranquilidad allí. Había una alberca de tamaño regular y un quiosco con un asador a la medida. En medio del jardín había una mesa para cuatro con sillones. El resto era naturaleza en todo su esplendor.

Félix caminó directamente hacia una persona que estaba leyendo cerca de la alberca, la cual se levantó rápidamente y le dio un abrazo. Al verme, me hizo señas para que me acercase, por lo que aceleré el paso. Cuando estuve más cerca, me di cuenta de que era un joven de unos veinticuatro años, más alto que mi hermano, de cabello castaño, con barba y tez un poco morena. Se quitó los lentes para limpiarlos con su playera y pude ver que era una réplica masculina de la hija del gobernador. Al llegar, me incorporé al lado de mi hermano.

—Thomas, te presento a Theodore, hijo mayor del gobernador —dijo Félix.

Tenía el mismo rostro que Skyler, lo cual me sorprendió. Intenté disimular mi asombro, así que estiré la mano para darle un saludo cordial, aceptándolo inmediatamente con una sonrisa en el rostro.

—Por tu mirada puedo imaginar que ya conociste a Skyler. Como puedes ver, somos mellizos. Ella se refiere a mí como el mayor porque lo soy por dos minutos. Nunca imaginé que tu hermano tendría estos modales, Félix. No tenía muchas esperanzas sabiendo que vivía contigo.

—Por favor, no me hagas quedar mal frente a mi hermano. Sólo comenta lo maravilloso que soy, como lo acaba de hacer tu padre, y estaremos en paz.

—No soy tu jefe, soy tu mejor amigo, así que puedo ser honesto en todo lo que tenga que ver contigo. Perdona mis malos modales, Thomas, pero aquí tu hermano goza de molestarme siempre que tiene la oportunidad. Por eso, cada vez que puedo, aprovecho para devolverle el pequeño favor, y más ahora que por fin tengo el honor de conocerte.

—No pudiste expresarte mejor de él. Al parecer, no soy el único que lo conoce realmente —dije—. Pero no parece que se conozcan sólo unos pocos meses, ¿estoy en lo correcto?

—Acabas de herirme, Félix. Después de tantos años de amistad, ¿cómo no me habías mencionado a tu hermano? ¿Escuchas ese crujido? Es mi corazón rompiéndose por tu culpa. Y eso se paga.

Félix no pudo contener la carcajada mientras Theodore lo levantaba por la espalda e intentaba acercarse rápidamente a la alberca. La venganza de Theodore era tirar a mi hermano al agua. A mi parecer era una manera perfecta de vengarse. Entre risas y empujones no tenían la suficiente fuerza para tirarse el uno al otro. Mientras reía observándolos, Skyler apareció de repente y empujó a ambos hacia la alberca. Hizo un baile de victoria por su hazaña de maldad pura y les lanzó un beso mientras los chicos le gritaban que se vengaría. Ella continuó su camino de regreso y se detuvo frente a mí.

—Te dije que habría un inicio y qué mejor manera de iniciar que con una buena carcajada patrocinada por mí —me guiñó el ojo y continuó su camino hacia la casa sin decir ni una palabra más.

«Creo que me acabo de ganar una amiga aquí. Espero que eso no afecte mi relación ya un poco herida con mi hermano». Desapareció ese fugaz pensamiento tan pronto como llegó. Me acerqué a la alberca y les di unas toallas a Félix y Theodore para que se secasen antes de seguir con el recorrido. Ni Michael ni Riley se movieron, permaneciendo a unos metros de nosotros. Félix se secó rápidamente el cabello y se peinó con sus dedos para intentar aplacarlo. Theodore le dio unas palmadas en la espalda, se despidió de mí con un apretón de manos y regresó a su casa. Michael se acercó a mí.

—Mataría en este momento por tener el privilegio de poder entrar a la alberca.

—Probablemente te enfermarás, ¿aun así te arriesgarías?

—Es una alberca, hace años que no me meto en una. En mi casa teníamos una tres veces más grande que ésta, así que imagina cómo me siento en este preciso momento.

—Imagino, amigo, pero ya habrá otro momento.

—Dejen de balbucear y vengan conmigo. Félix caminó rápidamente sin esperarnos.

Detrás del hogar del gobernador había una pequeña cabaña, algo rústica, de tamaño moderado y con algunos pinos a su alrededor. En la entrada de ésta se encontraban dos guardias uniformados y con lentes oscuros, a pesar de que era un día nublado, los cuales saludaron con la cabeza a Félix y nos dejaron adentrarnos en la cabaña.

Capítulo 16

Una enfermedad y una revolución

La cabaña era cálida y acogedora, pese a que nadie vivía en ella. Según nos explicó Félix, era el área de operaciones de la seguridad personal de los Pierce y, al mismo tiempo, de la ciudad entera. Del lado izquierdo estaban instalados los monitores de seguridad de todo Vancouver. Había pantallas que proporcionaban imágenes de las calles, de los lugares más y menos transitados, así como del enorme muro que rodeaba a toda la ciudad. En otra pantalla aparecían aleatoriamente imágenes e información personal de cada uno de los que trabajaban en el área de seguridad. Se detuvieron las imágenes y apareció la imagen de Félix con el mensaje "Agente Prescott" en letras enormes. Se le veía demasiado serio en la foto. También había otros datos como su fecha de cumpleaños, su dirección antigua y la nueva, así como la familia, en la que sólo había un número, el uno.

La imagen cambió, apareciendo un cuadro gris donde debía encontrarse la foto de la siguiente persona. Del lado derecho aparecía mi nombre en letras grandes y debajo mi puesto, "Teniente Prescott". Luego le seguía mi fecha de nacimiento, las mismas direcciones que aparecían en el caso de Félix, y en la familia, el uno de nuevo. No alcancé a diferenciar el resto de la información que apareció porque generó aleatoriamente los datos de otro miembro del equipo de seguridad.

En la pantalla más grande apareció la ubicación en tiempo real de todos los integrantes de la familia Pierce, por lo que no tendría ningún inconveniente estar pendiente de todos.

Félix me indicó que entrase a su oficina mientras daba las últimas órdenes al resto del equipo de vigilancia. Me señaló la puerta del otro lado de la habitación. Michael y Riley fueron detrás de mí y entramos sin decir nada más.

—Nunca había visto a mi hermano tan serio.

—Yo que no lo conozco de mucho tiempo ya me da miedo negarme a algo que diga, no me imagino a los que trabajan para él.

Michael tenía razón. ¿Desde cuándo Félix había tenido a su cargo toda esa base de operaciones? Él nunca comentó nada antes de mi huida. Estaba decidido a preguntarle más tarde, cuando estuviéramos a solas. La oficina era muy sencilla. Presentaba un escritorio en medio con dos sillas. Detrás de éste había una estantería con libros y una enorme ventana. En el piso había una pila enorme de papeles. El que estaba encima de todos llevaba escrita en color rojo y de gran tamaño la palabra "URGENTE". Parecía que mi hermano había dejado de lado el trabajo de oficina para estar en las calles. No obstante, creo que a él no le importaba mucho todo esto.

En ese momento, entró Félix rápidamente con un montón de hojas debajo de su brazo, las cuales dejó a un lado del escritorio. Se sentó y soltó todo el aire que tenía en los pulmones.

—Yo sé que hay mucho que debo de contarte, hermanito, pero aún no es el momento. Como seguramente te diste cuenta, hay mucho papeleo de por medio y no es por tu regreso. Se me acumuló el trabajo por ser un alto mando aquí —soltó un gruñido y se pasó las manos por su cabello, peinándolo hacia atrás.

—¿Y qué es lo que quieres que haga aquí? No tengo el más mínimo conocimiento de seguridad o manejo de armas.

—De eso no tengo duda alguna, así que, por el momento, tú y Michael se quedarán hoy en esta oficina organizando todos estos pendientes. Tengo que asistir con el gobernador a una junta importante y estaré fuera todo el día. Puedes irte a casa cuando termines todo. Sólo dile a alguno de los choferes que te lleve y listo. Nos vemos por la noche. Confío en ambos, no me hagan quedar mal.

Se levantó rápidamente de su enorme silla, me sacudió el cabello y salió de la oficina.

—Entonces, manos a la obra —dijo Michael en tono sarcástico mientras empezaba a mover todo el papeleo de un lado a otro de la oficina.

Riley se acostó debajo del escritorio y se quedó dormido instantáneamente.

Pensé que nos llevaría todo el día pero, después de dos horas, llevábamos más de la mitad del papeleo organizado. La mayoría eran recibos de pagos, cheques y documentos de los trabajadores y de la familia del gobernador. También había un sobre sellado con la palabra "Clasificado" que, por su tamaño, debía contener varios documentos. Esto llamó mucho mi atención. En mi casa había un dicho que repetía mucho mi padre: "La curiosidad mató al gato", pero esa curiosidad era mayor que el riesgo que podía correr si los abría.

—Thomas, sé lo que estás pensando y antes de que pidas mi opinión te digo que no lo hagas.

—No sé a qué te refieres.

—Tienes más de quince minutos pasando ese enorme sobre entre tus manos. Ignóralo y terminemos el trabajo para irnos de aquí.

—La vida es un riesgo, mi amigo.

Tomé el sobre entre mis manos. Seguí pensando un rato si abrirlo sería una buena idea. Michael no paraba de mover la cabeza de un lado a otro en señal de desaprobación y siguió acomodando el resto de los papeles. Finalmente, empecé a abrir lentamente el sobre. Mis manos comenzaron a sudar más de lo normal. Extraje uno a uno los papeles que había dentro y los acomodé en el piso frente a mí. Había fotografías de personas y algunas casas destruidas, zonas marcadas en mapas y, de nuevo, un dibujo de la mariposa monarca.

Había muchas personas que estaban en contra del gobierno involucradas en esto. Había reportes de muchos incidentes en los alrededores de Vancouver, de gente importante desaparecida, de asesinatos en masa... Se notaba que no era gente con buenas intenciones. Lo último que observé fue una fotografía en la que aparecían cuatro personas. Pensaba que no volvería a saber de ellos en mi vida, pero por algo suceden las cosas.

Era una fotografía familiar en la que aparecía un señor de unos cincuenta años, alto y de cabello canoso, que usaba una bata de doctor con un gafete del lado izquierdo. A su lado, y tomándola por la cintura, había una mujer, probablemente un poco más joven, con la misma bata y el mismo gafete. Separados de éstos se encontraban un joven con el cabello peinado hacia atrás con el traje típico de enfermero y una muchacha con una enorme sonrisa que lo abrazaba. Se me hizo un nudo en la garganta. Sentí como mis ojos se empezaban a llenar de lágrimas... Intenté tomar bocanadas de aire. Esa sonrisa tan particular de oreja a oreja, el cabello castaño, más largo de lo que yo recordaba, y esos enormes ojos azules con su brillo tan particular, provocaron que los sentimientos de culpa me carcomiera por dentro. Como pude, dejé a un lado la foto e intenté despejar mi mente. Recordar es volver a vivir, pero yo ya no quería revivir eso... Continué con mi pequeña investigación.

Leí rápidamente todo lo relacionado con la familia. Estuvieron involucrados desde un inicio en todo pero, al parecer, la muerte del padre provocó que se cambiaran de bando. Participaron en una pequeña revolución en contra del gobierno pero no lograron nada. Al transcurrir los años, formaron un equipo de opositores, "revolucionarios" se denominaban ellos, con más de trescientas personas distribuidas por todo el país. Andrew Moore era el líder y el equipo se llamaba "Plexippus". Así fue cómo la enfermedad y el equipo se convirtieron en uno, Danaus plexippus, que significa "Mariposa Monarca" en latín. Esto marcaba un inicio y un fin, una enfermedad y una revolución.

Capítulo 17

Cielo

No tenía palabras para describir cómo me sentía en ese momento. Sabía que todo lo que había hecho hasta ahora estaba basado en el plan que elaboró mi hermano, pero el hecho de que no me contase nada fue lo que me estaba haciendo dudar. Y resulta que quienes estuvieron involucrados en el inicio de la enfermedad son los mismos con los que conviví durante algunos meses, la familia que me salvó la vida y que yo les arrebaté de alguna manera. Michael tocó mi hombro para sacarme del pequeño shock en el que me hallaba. Sin decir ninguna palabra, volví a acomodar todo en el mismo sobre, me levanté y exhalé todo el aire que, sin querer, me había guardado.

—Pareciera que viste a un fantasma, Thomas. ¿Todo bien?

—Sí, tú tranquilo. Tenías razón. No debí meterme donde no me llamaban.

—Te lo dije. Pero bueno, si ya hemos terminado, nos podemos ir. Iré a buscar al chofer —se volvió a colocar el casco y salió de la oficina con Riley tras él.

Tenía una charla pendiente con mi hermano, aunque no supiera cómo fuese a terminar. Dejé la oficina totalmente acomodada y el sobre clasificado colocado nuevamente encima de todos los documentos. Escuché un pequeño golpe en la puerta y la abrí rápidamente.

—Señor, lo estamos esperando en el auto.

Asentí y seguí al chofer, dejando cerrada la oficina.

Michael y Riley se encontraban parados fuera del auto esperándome. Michael me abrió la puerta y le di las gracias. Riley se me adelantó y se sentó en las piernas de alguien que estaba dentro del auto.

Ya en el interior vi que ese alguien era Skyler. Traía unos lentes oscuros, el cabello peinado en un moño con un mechón cayéndole del lado derecho, los labios pintados de rojo, tacones negros y un vestido de lentejuelas plateado por encima de las rodillas. Su piel, un poco bronceada, brillaba con la luz tenue que había dentro del automóvil.

—Creí que podrías acercarme a una fiesta. Tu guardaespaldas me dijo que no había problema.

—Supongo que no. Tú eres la jefa, no te puedo negar nada.

—Exacto, qué bueno que eres consciente de eso. Así que iremos a tu casa, te cambiarás y nos iremos de fiesta. No querrás que a la hija del gobernador le suceda algo, ¿verdad?

Chantaje fue la única palabra que se me cruzó inmediatamente por la mente. Estaba siendo chantajeado por ella y, ciertamente, no podía negarme. Creo que la plática con mi hermano iba a quedar pendiente. Puse los ojos en blanco y le dije al chofer que ya podía avanzar. Michael no decía ninguna palabra, pero yo sabía que se estaba carcajeando por dentro. Skyler se quedó mirando por la ventana mientras acariciaba a Riley detrás de las orejas.

El viaje de regreso a casa fue muy rápido. Cuando se detuvo el auto, Skyler bajó inmediatamente y se detuvo en la entrada mientras yo me acercaba lentamente a abrir la puerta.

—Vamos, Tommy, no tenemos todo el día.

—No sabía que ya había la suficiente confianza para los apodos.

—Te lo dije y lo vuelvo a repetir: terminarás amándome, aunque sigas negándolo. Pero si te incomoda, no te diré así.

—No te preocupes, Sky.

Skyler se me quedó mirando dudosamente y sonrió.

—¿Sabías que Sky es cielo en español? —comentó.

—¿Tú sabías eso?

—No porque mi nombre sea inglés y viva en Vancouver iba a dejar de saberlo.

—Sólo fue un simple comentario. Discutir con una mujer es perder automáticamente. Ya, entremos, que tienes prisa.

Abrí la puerta e inmediatamente Skyler entró a la casa. Me despedí del chofer con la mano y Michael entró a la casa detrás de mí. Llegué a pensar que Félix ya estaría aquí pero no estaba, de modo que nos veríamos cuando yo regresara de la fiesta.

Le ofrecí un vaso de agua a Skyler, el cual rechazó. Decidió esperarme en la sala. Me acerqué a Michael y, en voz baja, le comenté que se quedase cerca vigilándola. Afirmó con la cabeza y subí a mi habitación.

¿Cuándo se me hubiera ocurrido acudir a una fiesta? ¿Habría en el clóset ropa para la ocasión? Como iba con Skyler, no debía desentonar. Implorando que a Félix se le hubiese ocurrido comprarme algo formal, me acerqué al clóset, el cual no había explorado totalmente.

Abrí ambas puertas y observé detenidamente todo lo que había en su interior. Los zapatos estaban acomodados por colores y estilos. Las chamarras y camisas de vestir eran de diferentes tipos y tonalidades. También había un área con cinturones y relojes. Estaba muy impresionado por la cantidad de ropa que tenía a mi disposición. Ni en mis sueños más locos imaginé que podría tener tanta ropa enfrente de mí. Había alrededor de diez trajes formales de estilos y colores que me agradaban, ¡y eran de mi propia medida! Mientras los observaba, intenté escoger el mejor para la ocasión. La verdad que no tenía ni idea de cómo ir vestido a una fiesta juvenil. Preferí no darle muchas vueltas y agarré unos jeans azules, un blazer negro, una camisa blanca y unos zapatos negros. No me veía tan mal ni tan arreglado. Lo que quería era pasar desapercibido. Me peiné los chinos hacia atrás y me coloqué un reloj negro. Ya estaba listo. La poca barba que me había salido se veía arreglada, así que no vi necesario afeitarme.

Tomé una fuerte bocanada de aire y bajé las escaleras. Como esperaba, al entrar en la sala de estar, Skyler ya no estaba. Se escuchaban murmullos del otro lado de la habitación, así que me dirigí al comedor; estaba exactamente igual a como lo habíamos dejado en la mañana. Los murmullos continuaban desde la cocina y, para mi sorpresa, estaba Skyler cocinando y Michael ayudándole. Riley se encontraba en los pies de ellos esperando a que cayera alguna sobra. Carraspeé para llamar su atención. Los ojos de Skyler brillaron y sonrió de oreja a oreja.

—Me acabas de dejar sin palabras, Tommy.

—Suele pasar con mi presencia. Deberías acostumbrarte.

—Ególatra el muchacho. Pensé que sólo Félix era el hablador de tu familia, pero ya veo que son idénticos. Me impresionas, la verdad —se acercó a mí y me rodeó mientras observaba con detalle cómo iba vestido.

—¿A la princesa no le gusta cómo voy vestido?

—Ya nos estamos entendiendo. Al contrario, me gusta cómo te ves. Vámonos, que ya es un poco tarde.

—¿Eso que estabas preparando no es para nosotros? —dije mientras apuntaba hacia la comida en la mesa.

—No, es para tu guardaespaldas y para Félix. Siempre llega con hambre después de estar en las juntas con mi padre.

—¿Tú cocinas para mi hermano?

—De vez en cuando. Pensé que ya te lo había dicho él. Pero vámonos, hablamos en el camino. Un gusto, Michael. Adiós, Riley.

Caminé hacia la puerta sin mirar atrás, me despedí con la mano de ambos y fui detrás de ella.

Cuando salí y cerré la puerta detrás de mí, Skyler estaba mirando hacia la calle con los brazos cruzados.

—Le pedí al chofer que se retirara —dije—. Pensé que tú le hablarías a alguien más.

—Tommy, Tommy, Tommy... La reunión a la que iremos no es para todo el público. Nos iremos en uno de los autos de tu hermano. Las llaves las deja siempre en la guantera.

Sacó de su bolsillo un pequeño control, presionó el botón y la puerta del garaje detrás de nosotros comenzó a abrirse lentamente.

—Me perturba un poco el hecho de que sepas más de mi hermano que yo —comenté, un poco aturdido por lo que pasaba.

—Nada de qué preocuparse. Tengo entendido que estuviste fuera de Vancouver en los meses más importantes en su ámbito laboral, así que era de esperarse. No más preguntas, vámonos.

Que la hija del gobernador y mi hermano, el jefe de seguridad, conviviesen, era algo obvio, pero que lo hicieran fuera del trabajo... Eso provocó que cada vez tuviera más preguntas sin respuestas respecto a mi hermano. La puerta del garaje se abrió lentamente. El auto deportivo de mi hermano estaba ahí estacionado. Era un clásico, un Mustang del '69 para ser más específico, de color negro y con franjas blancas al frente. Era un auto poderoso y llamativo. Skyler entró al garaje rápidamente y se subió del lado del copiloto. Me desabroché un botón del blazer y me subí al auto. Skyler solamente me dirigió una sonrisa y se acomodó sus lentes en la frente.

Capítulo 18

El aleteo al amanecer

Skyler abrió la guantera, tomó las llaves y, sin dármelas, encendió rápidamente el auto, sintiendo el rugir del motor. Se volteó de nuevo a la guantera y desempolvó un viejo GPS, lo encendió e ingresó la dirección a la cual nos dirigimos. Lo colocó por encima de la radio y encendió esta última. Inmediatamente, levanté una ceja y la miré de reojo. Ambos sabíamos que, después del desastre, la señal de radio se había ido al demonio y sólo se escuchaban noticias locales. No obstante, como por arte de magia, se empezó a escuchar música. No reconocí al grupo, pero supe que era rock, un género que a mi padre solía gustarle bastante.

Ignoré ese importante descubrimiento y me concentré en manejar. Salí lentamente del garaje. Por la hora que era, las nueve de la noche pasada, había más movimiento vehicular aunque no todos en la ciudad lo utilizaran. Estábamos acostumbrados a caminar y utilizar la bicicleta, cualquier cosa que no fuese un gasto extra para nuestra vida diaria. Conforme avanzaba, pude visualizar la calle donde los jóvenes de nuestra edad acostumbraban a estar los viernes por la noche. No obstante, el GPS no me daba la indicación de ningún bar en los alrededores, así que continuamos. De repente, sólo veíamos calles vacías y terrenos baldíos. De reojo, observé a Skyler retocando su labial rojo y haciendo caras chistosas. Solté una pequeña carcajada.

—No sabía que podías manejar y espiar al mismo tiempo, Thomas.

—Soy todo un ninja, hasta puedo manejar con los ojos cerrados.

Inmediatamente, cerré los ojos y solté el volante. Con un chillido Skyler se abalanzó sobre el mismo e intentó maniobrar. Entre carcajadas y golpes de sus puños en mi hombro retomé el control.

—¿Tienes deseo de morir tan joven o a qué se debió esa tontería?

—Una pequeña broma, ¿acaso la princesa no sabe nada de las bromas?

—No es eso. Un accidente de auto no es algo que esté en mi lista de cosas por hacer antes de morir —se volteó inmediatamente hacia la ventana, se acomodó el vestido y soltó un enorme suspiro.

—Nunca vuelvas a pensar que te pondría en peligro.

Apreté suavemente su pierna e inmediatamente volteó hacia mi mano en su muslo. Sus mejillas se tornaron rojizas y retiró mi mano lentamente. Continué manejando con ambas manos y con la mirada fija en el camino. El GPS empezó a repetir que estábamos cerca del lugar, pero lo único que se observaba eran casas abandonadas. La verdad que no me parecía el mejor lugar para salir de fiesta: sólo nosotros dos y un lugar desolado.

Me detuve frente a un almacén. El techo estaba cayéndose y las ventanas estaban rotas... Era un lugar que no me brindaba ni la más mínima pizca de confianza. Miré de reojo por el retrovisor y las calles se veían completamente desoladas. Tomé el GPS para verificar que estábamos en la dirección correcta. De repente, la luz del coche se encendió. Skyler ya se encontraba frente a la puerta. Salí volando del auto y la tomé del brazo.

—¿Qué crees que haces? No es seguro aquí, tenemos que irnos.

—¿Podrías dejar de pensar como tu hermano y dejarte llevar? Ya nos están esperando.

Me tomó la mano y, automáticamente, entrelacé mis dedos con los de ella. Su mano era más fría que la de Elena y sus dedos más delicados. Se sentían muy suaves. Era lógico ya que Elena utilizaba sus manos para trabajar y Skyler era una niña mimada. Compararlas no me iba a traer de regreso a Elena. Sentí que tiraban de mí y desapareció ese pensamiento. Apresuré el paso. Ella tocó tres veces una puerta enorme. Unos ojos aparecieron por una pequeña abertura. Skyler retiró sus lentes y la voz ronca proveniente de los ojos de la puerta le pidió una contraseña.

—El aleteo al amanecer.

Automáticamente la puerta se abrió de par en par. Entramos y al dar unos pasos dentro del edificio, las puertas se cerraron detrás de nosotros. Volteé para buscar al que nos dejó entrar, pero no había rastro de nadie.

—No me dirás ahora que tienes miedo, Tom.

—No es miedo, Skyler. Estoy atento a todo, no quiero que te suceda nada malo.

El pasillo se volvió completamente oscuro. Al final de éste, unas cortinas de color naranja indicaban la entrada a otro lugar. Al separarlas, observé que había un elevador. Una vez dentro de éste, me percaté que sólo había dos botones, uno que apuntaba hacia abajo y otro hacia arriba. Skyler presionó el primero, se acomodó el vestido y me sonrió como si estuviera tramando algo.

Se escuchaba música. Comencé a buscar de dónde provenía, pero no vi ninguna bocina. No encontré nada. Escuché la pequeña risa de Skyler y le di un empujón con el hombro.

—¿Qué te parece tan gracioso, princesa?

—Es gracioso porque parece que nunca habías visto un elevador en tu vida, y mucho menos que tuviera música integrada.

—No es eso. Sí había utilizado uno hace muchos años, pero pensaba que aún tenían enormes bocinas y estaba buscándolas.

—Sí, así eran, pero aquí puedes sentir la música.

Mi cara lo dijo todo. Sentía intriga por lo que me acababa de comentar. Sin decir nada, Skyler tomó mi mano y la puso sobre la pared. La música no solamente sonaba en mis oídos. En la palma de mi mano comencé a sentir pequeñas palpitaciones rítmicas que me hicieron imposible separar la mano de la pared. Mi cara de asombro le volvió a sacar esa pequeña risa. En ese momento se detuvo el elevador. Skyler me ofreció su mano, se la tomé y salimos. Una sonrisa enorme se me formó automáticamente y comenzamos a avanzar juntos.

Efectivamente, era una fiesta. La sala estaba repleta de gente. Había una pista de baile en el centro, luces que iluminaban cada mesa, un DJ encima del escenario y gente bailando dentro de jaulas que colgaban del techo. Lo más extraño era que todos llevaban máscaras con la forma de una mariposa monarca. Volteé hacia Skyler y me dio una. Ella ya llevaba la suya puesta. Sus ojos verdes brillaban con los tonos naranjas, negros y blancos de la máscara. La mía era completamente naranja. Me la coloqué, provocando una risita.

—Déjate llevar esta noche y disfruta, por favor. Ven, te presentaré a unas personas.

La seguí por detrás mientras la gente se movía de un lado a otro. Había demasiadas personas bailando al ritmo de música electrónica, la cual hacía muchísimo tiempo que no escuchaba. En torno a la pista había más gente sentada en sillones alrededor de pequeñas mesas, bebiendo y fumando de un pequeño aparato que aparentaba ser un cigarro. También había mujeres bailando sobre los sillones. Las caderas de Skyler se comenzaron a mover al ritmo pero sin bajar la velocidad de sus pasos.

Subimos unas escaleras y nos detuvo otro guardia, pero éste no pidió contraseña, solamente asintió con la cabeza y nos dio el paso. Skyler soltó mi mano y corrió hacia un grupo de personas que se encontraban en medio de lo que parecía un brindis. Saludó a todos besándolos en la mejilla. Mi sentido de higiene contra la enfermedad me puso los pelos de punta. Skyler me hizo señales con sus manos para que me acercara. Respiré hondo y avancé con la mejor sonrisa posible.

—Pero ¿qué tenemos aquí? Skyler, trajiste un nuevo acompañante. Déjame decirte que es más atractivo que el anterior.

El chico era de mi tamaño, con el cabello peinado a un lado, un esmoquin negro y zapatos a juego. Alcé una ceja en modo de duda. "¿A quién se refiere? ¿Mi hermano?", pensé.

—Calma la calentura, Ricardo, es sólo un amigo. Thomas, él es Ricardo —le acerqué mi mano pero él me dio un beso en la mejilla, lo cual me hizo brincar del susto.

—Tranquilo, Thomas. Parece que nunca has saludado a un chico así.

—Me incomoda la cercanía física con la gente.

Y no estaba mintiendo. A pesar de ser inmune a la enfermedad, nunca había sido de esas personas a las que le gusta que las toquen o que estén demasiado cerca, excepto con las que tengo suficiente confianza, como Elena, por ejemplo. Sonreí y retrocedí un paso.

—Ella es Isabela.

La sonrisa tan blanca de Isabela brillaba. Su cabello rizado le llegaba más abajo de la cintura. Sus ojos eran marrones y rasgados. Tenía pecas y una piel morena.

—Un gusto, Isabela.

—Mucha formalidad por hoy, al resto los puedes ir conociendo en el transcurso de la noche —apresuró Skyler—. No es por ser grosera, pero... todos, Thomas. Thomas, todos.

Hice un saludo para todos con la mano y Skyler me pasó un pequeño shot que parecía de tequila. Me guiñó un ojo y de un solo trago se lo tomó. Hice lo mismo y sentí cómo comenzaba a calentarse mi garganta.

Con una sonrisa de oreja a oreja, Skyler tomó mi mano y me llevó hacia la pista de baile. Su vestido plateado brillaba aún más con las luces que se posaban sobre ella. La música de fondo cambió y empezaron a sonar canciones lentas. Skyler bailaba lentamente dándome la espalda. Hice que se girase hacia mí. Se rió tímidamente y posó sus manos sobre mi cuello, mientras yo ponía las mías sobre su cadera. La pista desapareció y sólo podía observarla a ella.

—Te advertí que habría un buen inicio entre nosotros.

—Eso ya me lo habías dicho y te lo vuelvo a repetir, no te lo creas aún. Sólo estoy aquí porque te tengo que cuidar.

—Sigue repitiéndotelo hasta que te lo empieces a creer, pero como gustes. Si me permites, iré al baño.

Asentí y quité mis manos de su cintura para dejarla caminar hacia los baños.

—No vayas tan rápido, te recuerdo que voy detrás de ti.

—No me tienes que seguir a todos lados, sólo voy al baño y regreso. No tardaré. Regresa a la mesa con los demás.

Me dio un apretón en el hombro y se fue rápidamente hacia los baños.

Los amigos de Skyler me invitaron a otro shot pero no quise aceptarlo. No estaba allí por diversión y quería que todos mis sentidos estuviesen alertas. Comenzaron a platicar entre gritos que ambos eran de familias adineradas y que ese lugar le pertenecía a Isabela, quien resolvió mi duda sobre la higiene diciéndome que en todo el lugar el aire estaba siendo purificado. Además, como era tan exclusivo, para poder ser miembro te solicitaban un análisis médico. Como Skyler era un miembro especial, tanto ella como sus invitados tenían un trato diferente al resto de la gente, por eso no tuve que pasar por el proceso de selección. La familia de Ricardo era adinerada por herencia. Él nunca se había interesado en cómo obtuvieron ese dinero, simplemente lo disfrutaba.

Pedí un vaso de agua mineral mientras miraba hacia el pasillo que daba a los baños. No veía a mujeres haciendo fila. Tampoco había rastro de Skyler. Isabela notó mi incomodidad y se ofreció a ir a buscarla, siguiéndola uno de sus guardaespaldas. Yo crucé los brazos mientras los observaba caminar hacia los baños. Desaparecieron al cruzar el pasillo. Momentos después, otro de los guardaespaldas se tapó su oreja derecha y asintió lentamente tras unos segundos.

—Señor Prescott, no hay rastros de la señorita Pierce.

Mi corazón se detuvo y mis manos empezaron a sudar muchísimo. Skyler no estaba. Y era mi culpa.

Capítulo 19

Hay un límite para el amor

Todo empezó a descontrolarse en el momento en que las palabras del guardaespaldas salieron de su boca. Automáticamente se encendieron las luces, la música se detuvo y todos los agentes de seguridad del lugar comenzaron a interrogar uno a uno a los invitados. Isabela comenzó a mandar mensajes desde su celular, sus dedos volaban entre las teclas y no quitaba la mirada de la pantalla. Ricardo estaba como loco entrando y saliendo a las oficinas. Yo no podía ni moverme. Si alguien me preguntaba algo, lo decía sin siquiera procesarlo. No podía creer que Skyler hubiera desaparecido enfrente de mis narices. No sabía cómo iba a decirle aquello a mi hermano, y menos aún al gobernador.

Me moví entre la gente para poder salir y tomar algo de aire. No sabía de dónde iba a sacar la fuerza necesaria para contarle a mi hermano el incidente que acababa de suceder. Los guardias no me preguntaron nada y me dieron paso hacia la salida. Ya afuera, me apoyé en las rodillas y tomé bocanadas de aire. No sabía qué le iba a decir exactamente a mi hermano sin que éste se volviera completamente loco. Comencé a buscar el radio que me había dado Félix en los bolsillos de mi pantalón. Lo encontré en el bolsillo trasero derecho, donde siempre pongo las cosas importantes. Lo sujeté entre mis dedos y tomé un último aliento antes de llamar a mi hermano. En ese instante se estacionó de golpe un automóvil deportivo negro. El chofer salió inmediatamente y corrió para abrirle la puerta a su pasajero, pero ésta se abrió de golpe y el pasajero salió rápidamente, alzando la vista. Efectivamente, era Félix quien, a paso veloz y sin decir ni una palabra, me tomó del brazo empujándome hacia el interior del edificio. Sentí en su apretón el coraje que corría por sus venas. Al ser el culpable de ello..., me dio un poco de miedo.

Continuó empujándome hasta que nos encontramos cara a cara con Isabela y Ricardo, en cuyos rostros se notaba la preocupación.

—Vayan al grano y explíqueme qué pasó exactamente —Félix frunció el ceño, me soltó y cruzó los brazos en su pecho.

Ricardo e Isabela comenzaron a narrar, desde su punto de vista, lo que había sucedido. Según ellos, no habían visto nada fuera de lo normal. A mi hermano no se le veía muy convencido, negando con la cabeza e inhalando y exhalando rápidamente. En cuanto dejaron de dar su explicación, Félix volteó hacia mí y me dio la palabra.

—Ya te lo dijeron todo ellos, Félix, no sé qué esperas que te diga.

—Lo único que quiero es que me digas que ha sido tu culpa. Yo le dije a Skyler que no viniera pero ella es demasiado terca y tú demasiado fácil de manipular, por lo que veo.

Todo esto lo dijo observando a nuestro alrededor, sin fijar su mirada en mí. Estaba como fuera de sí.

—¿Culpa de qué? Como si hubiera sido mi plan que Skyler desapareciera. Sólo salimos a divertirnos y me trajo a base de mentiras. ¿Me crees tan estúpido para que, por mi cuenta, decidiera venir a este lugar sólo porque a la princesa se le antojaba?

—No me cuentes pretextos, por favor. Iré a investigar personalmente. Fue vista por última vez en los baños, ¿verdad?

—Sí, pero ya los revisaron, no hay necesidad de hacer doble chequeo.

Pero pareció que le estaba hablando a la pared, ya que Félix comenzó a caminar hacia el pasillo que daba a los baños. Fui detrás de él. Había otro guardia en la entrada de éstos. Éste saludó a Félix y le empezó a comentar exactamente lo mismo que yo le había dicho anteriormente.

Torcí los ojos y solté una pequeña carcajada hacia mis adentros. Inmediatamente sentí la mirada penetrante de mi hermano. Mi media sonrisa desapareció y nos adentramos juntos en el baño de mujeres.

La puerta no se veía maltratada ni la cerradura forzada. La ventana estaba en un lugar nada accesible para poder entrar o salir. No había ninguna huella en los espejos, los baños estaban limpios y no se observaba ningún rastro que mostrase que hubo forcejeo u otro problema allí dentro. Félix se quedó callado repasando cada lugar del baño. Le toqué el hombro para sacarlo de su trance y me di cuenta de que mi hermano realmente estaba sufriendo por esto. Sus ojos estaban llenos de lágrimas, las cuales se las estaba aguantando para no demostrar vulnerabilidad... Estaba muy diferente a como lo conozco.

—Hermano, ¿estás bien?

—No sé cómo me siento. Creo que perdido es lo más acorde a lo que siento en mi corazón. Skyler es mi responsabilidad y, más allá de eso, es alguien especial en mi vida.

—Félix, no sabía que sentías algo por ella.

—Hay muchas cosas que no conoces de mí, hermano. Ya no hay nada aquí, vámonos —se limpió las lágrimas con la manga de su chamarra y salió del baño sin decir nada.

Todo el lugar estaba demasiado limpio, nada fuera de lo común. A pesar de que sabía que mi hermano tenía muy buen ojo para resolver este tipo de situaciones, algo no me cuadraba. De repente, se cerró la puerta del baño y se apagó la luz. En completa oscuridad, la luz de la luna entraba por la ventana. Caminé despacio para darle una última revisada a todo, pero no había nada fuera de lo normal. Me acerqué al lavamanos, abrí el grifo y me remojé las manos con el agua fría. Acto seguido, agaché mi cabeza y empecé a salpicarme el agua en todo el rostro, dejando escurrir el sobrante sobre el lavamanos. Mientras levantaba la mirada hacia el espejo que había frente a mí, noté que la esquina superior derecha empezó a brillar con tonos naranjas. Con la luz encendida no lo habíamos percibido. Poco a poco, se fue dibujando la forma de lo que provocaba ese brillo, era un dibujo de una mariposa monarca. Pasé un dedo sobre el dibujo y, tras ello, el brillo también lo observé en éste. Salí disparado hacia la salida en busca de mi hermano. Estaba a unos pocos pasos de los baños hablando con los guardias del lugar.

—¡Hermano! No vas a creer lo que encontré.

—No desconfío de tus capacidades, Thomas, pero ya estuve ahí y no había nada que valiera la pena.

—¿Y esta pintura no dice lo contrario a tu comentario? —le dije mientras le mostraba mi dedo con la pintura naranja.

—Sí sabes que toda la temática de este lugar está basada en las mariposas monarcas por simple burla, ¿verdad?

—No soy idiota, Félix, pero ¿por qué esconderían este dibujo en el último lugar donde estuvo Skyler?

Sin decir ninguna otra palabra corrió de nuevo hacia los baños de las mujeres y, con la misma velocidad, salió y entró al de los hombres. Como me lo esperaba, no encontré ningún rastro de esa pintura.

Félix encomendó a los que trabajaban ahí a buscar en todo el lugar algún producto que hubiera podido pintar el espejo y que sólo se pudiese ver con la luz de la luna. Todos comenzaron a moverse rápidamente, entrando y saliendo a las salas VIP, a las oficinas, al bar... Todo se volvió un caos, pero ordenado.

—Te agradezco por la pista, hermanito. Sabía que podía confiar en ti.

—Sí, aunque a veces no parezca que lo hagas.

—Lo discutiremos más tarde, aquí no es el lugar correcto.

Todos los guardias, así como Félix, Isabela y Ricardo, utilizaron una lámpara de luz ultravioleta que pasaba por todos los rincones del lugar. Lo que se descubrió en el transcurso de unos minutos fue que, efectivamente, alguien traía esa pintura en los dedos. Había un camino de manchas por las paredes de todo el lugar. El simple hecho de que estuviese en todas partes era señal de que alguien pasó un buen rato esperando el momento perfecto para llevarse a Skyler.

—De acuerdo, quiero una lista de todos los asistentes esta noche. No me importa si estaban a escondidas, quiero saber todo sobre todos, incluidos los que estaban trabajando aquí. Isabela y Ricardo, ustedes ya se pueden retirar, no hay más que puedan hacer.

—Félix, mi familia es dueña de este lugar y no pienso irme hasta que sepamos algo con exactitud, así que no me digas qué debo hacer. Ricardo me hará compañía. Ya viene mi padre para acá, así que son ustedes los que ya pueden retirarse. Como acabas de decir, no hay mucho que puedas hacer aquí.

—Como guste, señorita. Thomas, vámonos.

Se despidió de la mano de Ricardo y con un fuerte abrazo de Isabela. Yo solamente me despedí de lejos y caminé hacia la salida, con Félix pisándole los talones.

Intenté buscar las llaves del auto mientras seguía caminando hacia él pero no estaban en ninguno de los bolsillos del pantalón. Comencé a desesperarme y seguí buscándolas tanto en el pantalón como en la chamarra. De repente, sentí una mano en mi hombro.

—Por tu manera desesperada de tocarte por todos lados, creo que perdiste algo. Y supongo que como estás parado frente a mi auto, sin subirte a él, son las llaves de éste, ¿verdad?

—Félix, te juro que las tenía guardadas. Las debo tener...

—No, hermanito, no las vas a tener. ¿Bailaste con Skyler en algún momento de esta noche?

No me sorprendí para nada. Él la conocía más que nadie, así que solamente asentí y se comenzó a reír.

—Probablemente te iba a dejar aquí un rato al terminar la fiesta hasta que entraras en pánico. Me lo hizo la primera vez que vine con ella. Vámonos, ya llegaron por nosotros.

El auto en el que había llegado hace rato se volvió a estacionar frente al lugar, bajándose el chofer para abrir la puerta trasera del mismo. Me encaminé a seguir a mi hermano. El regreso a casa se hizo en completo silencio.

Nos tomó más tiempo de lo que yo esperaba el regreso. No sé si el chofer sentía la tensión o, sencillamente, él siempre manejaba a esa velocidad. Entre pestañeos y bostezos llegamos por fin a casa. Mi hermano recibió una llamada y me indicó que entrase directamente. Coloqué mi pulgar en el panel de un lado de la puerta y ésta se abrió automáticamente. Me sorprendió que se abriera ya que nunca había puesto mis huellas para poder entrar sin mi hermano. No obstante, con lo controlador y meticuloso que era Félix, no debía sorprenderme tanto. A mi izquierda, en la sala, se encontraban profundamente dormidos Riley y Michael, los cuales no se percataron de que ya había regresado; acomodé una cobija sobre ellos y me dirigí a la cocina para comer algo.

La alacena y el refrigerador estaban llenos de comida, por lo que había donde elegir. Volteé al reloj de la estufa: eran las doce y cuarto. Aunque fuera de madrugada, tenía antojo de algo dulce. Busqué harina para panqués, huevos y leche, y me puse manos a la obra. Pasaron algunos minutos y entró mi hermano, quien acomodó la mesa; menos mal que había bastante comida para los dos. Nos sentamos uno frente al otro. Ninguno colocaba los panqués en su plato, así que tomé la iniciativa. Luego le serví un vaso de leche y lo coloqué frente a él.

—Sé que estás lleno de preguntas. Debes saber que las contestaré en algún momento. Ahora no puedo hablar de nada referente a lo que sé que encontraste entre los papeles de mi oficina.

—No iba a tocar el tema sin que tú me lo mencionaras, pero ¿por qué no estás como un lunático por la desaparición de Skyler? Me estoy muriendo de estrés sólo de pensar qué es lo que le ha pasado y si sigue con vida.

—Lo sé. La hija del gobernador y la mano derecha de su padre... Es un cliché, pero hay un límite para el amor, ¿sabes?

—¿Por qué me cambias el tema, Félix? Me importa un carajo lo de su amor imposible. ¿No te preocupa ella en lo más mínimo?

—No es un amor imposible, tenlo por seguro, pero tú me conoces y no soy la mejor opción para ella. La verdad es que nadie es la mejor opción tampoco.

—Un poco egoísta de tu parte, Félix, y no me refiero a tu amor enfermo por ella.

—Amar es egoísmo puro.

Y con esta última palabra se dispuso a comer sin decir otra palabra. Parecía que sería un día muy largo, y sólo esperaba que pudiésemos llegar al fondo de esto lo más pronto posible.

Capítulo 20

Sin comentarios

Terminamos de comer y comencé a llevarme los vasos para lavarlos. Félix me interrumpió y me dijo que me fuera a dormir. La verdad es que no me molestaba lavarlos, pero sí es cierto que ya comenzaba a sentir el cansancio en mis párpados, de modo que acepté. Félix volvió a contestar su teléfono mientras me encaminaba hacia mi recámara. Les eché un último vistazo a Michael y a Riley y vi que seguían completamente dormidos. Mientras subía las escaleras pude escuchar los murmullos de mi hermano, parecía que estaba discutiendo con alguien. Cerré la puerta intentando hacer el menor ruido posible, me quité la ropa y me puse un pantalón para dormir. Coloqué la ropa sucia en el cesto que está junto a la puerta y me lancé a la cama. Tomé una bocanada de aire y volteé hacia el reloj: dos y media. Había tardado más tiempo en la cocina de lo que imaginé. Comencé a repasar mi día mientras se me cerraban los ojos... Algo seguía sin tener sentido del todo.

Riley se encargó de despertarme, llenándome de baba todo el rostro para que le hiciera caso. Nos quedamos acostados unos minutos mientras seguía acariciándolo detrás de sus orejas, lo que me dio tiempo para poder revivir mi sueño. Miré de reojo el reloj, eran las ocho de la mañana.

Pensaba que Félix me levantaría más temprano para ver qué íbamos a hacer respecto a todo este asunto de Skyler. Me levanté y Riley se quedó acostado observando mis movimientos. Entré al baño y me lavé los dientes; elegí la ropa rápidamente, una camisa negra, jeans azules y zapatos negros. Me peiné y cuando terminé, bajé las escaleras. Asomé mi cabeza a la sala pero no vi a Michael. Seguramente ya se había levantado. En el momento de entrar al área del comedor, el olor a café inundó mis fosas nasales. Michael se encontraba tomando una enorme taza mientras se recargaba en el refrigerador y platicaba con Félix.

—Hasta que te despiertas, hermanito. Estábamos hablando de ti.

Coloqué una taza en la barra y empecé a preparar mi café. Me perturbó la tranquilidad del ambiente en el que estábamos después de todo lo sucedido anoche.

—No te diré nada, Thomas. Sé que no habrá diferencia incluso si lo hiciera —Michael me dio un apretón en el hombro con la mano libre y salió de la cocina.

—¿Podrías explicarme la razón de que estés tan tranquilo con toda esta situación? —pregunté suspicazmente.

—Pon el café en un termo para llevar, nos tenemos que ir. Hay junta general con todo el personal y no podemos llegar tarde.

Félix salió de la cocina. Inmediatamente pude escucharlo dándole indicaciones a Michael.

Escuché la puerta de enfrente abrirse y cerrarse rápidamente, seguido por el grito de Félix de que me apurara.

Rápidamente busqué un termo, lo llené de café y me fui corriendo para alcanzarlos. Félix ya estaba dentro del auto, mientras que Michael y Riley estaban esperándome en la puerta del mismo. Entré y ellos se subieron en un auto que había detrás del nuestro. Era raro, ¿por qué ir en dos autos si hasta ahora nos habíamos movido todos en uno? Como sabía que no obtendría una respuesta, decidí ahorrarme la pregunta.

No intercambiamos ninguna palabra de camino a la casa del gobernador. Félix estuvo enviando mensajes desde su celular durante todo el camino. Yo sólo contemplaba a través de la ventanilla. Anhelé mucho la ciudad los meses que estuve fuera pero, una vez aquí, todo se veía muy diferente con las calles destruidas. Si bien en el exterior de la ciudad la naturaleza lo invadió todo, aquí dentro impidieron que ocurriera por temor a que se desatase una nueva epidemia provocada por algún otro animal.

La entrada a la propiedad de los Pierce estaba llena de agentes de seguridad. Mi hermano seguía sumergido en su celular enviando mensajes. Cuando llegó nuestro turno en la caseta de vigilancia, solamente bajaron el vidrio de mi hermano, quien saludó con la cabeza y se volteó de nuevo hacia su celular. La reja se abrió automáticamente, habiendo aún más guardias dentro de la fortaleza; nunca pensé que eran tantos los que trabajaban para los Pierce, pero supuse que la situación así lo requería.

Nos estacionamos en la entrada. La puerta de mi hermano se abrió. Éste se bajó sin despegar sus ojos del celular y entró rápidamente a la casa. Fui detrás de él con Michael a mi lado y Riley pisándole los talones. En la entrada nos hicieron una revisión por encima de la ropa a ambos y revisaron el chaleco que utilizaba Riley. Al entrar, el verdadero caos salió a la luz: todos estaban corriendo por todos lados.

Michael se quedó pegado a la entrada y Riley me siguió hacia la sala, en donde estaba sentado Félix frente al gobernador, quien no dejaba de pasarse las manos por el cabello y mover la cabeza de un lado a otro. Al intentar acercarme y saludar, pude ver el rostro del gobernador. Estaba deshecho, con los ojos hundidos y grandes ojeras marcadas. Cuando cruzamos las miradas, se apagó aún más la luz de sus ojos. Se levantó rápidamente y me tomó de la chamarra. La ira se apoderó rápidamente de su mirada mientras inhalaba y exhalaba rápidamente.

—Explícame qué es lo que pasó. Quiero oírlo desde la boca del culpable de todo esto.

—Gobernador, le juro que no fue mi culpa. Yo estaba al pendiente de ella, ocurrió en un abrir y cerrar de ojos.

Empezó a apretar aún más fuerte. Sus ojos se llenaron de lágrimas, pero la ira seguía ahí.

—¡Me importa un carajo! ¡Era tu responsabilidad! No sé cómo pudo confiar ella en ti. Cuando intentaba escaparse siempre se lo pedía a Félix. En él sí confío, ¡hasta mi propia vida!

—¡Alexander, tranquilízate! Estás haciendo una escena frente a todos.

Y, efectivamente, todos en la sala se habían quedado helados ante los gritos del gobernador. Pero lo que más me sorprendió es que Félix le hablase por su nombre de pila. Fue ahí donde me percaté del nivel de confianza que se tienen ambos.

—¡No puedo, Félix! ¡Tú sabes que él es el culpable de todo esto!

—Alexander, Thomas es mi hermano y tú mi jefe. Sabes que lo puse a él por encima de todas las personas, así que suéltalo y respira. Vamos a arreglar esto como adultos que somos.

Félix le empezó a quitar las manos de encima de mí poco a poco. Mi respiración estaba agitada pero empecé a relajarme conforme lo iba soltando. Félix lo abrazó fuerte y el gobernador comenzó a sollozar en sus hombros. Les indicó a todos los que estaban en la sala que se retiraran. Yo también me disponía a salir cuando, de repente, me detuve en la puerta. La cerré delante de mí y me volteé. El gobernador estaba más tranquilo. Mi hermano le estaba preparando algún trago en la barra. Me senté frente a él y solté todo el aire que había retenido.

—Necesito explicarle las cosas, señor —mi voz sonaba algo temblorosa, pero continué—. Fui obligado por su hija a ir a ese lugar. Yo me quería ir en el momento en que llegamos. No obstante, al verla tan tranquila y que todos la conocían, nunca imaginé que pudiese haber algún peligro. Sólo fue al baño. Cuando pasó el tiempo y no regresaba, fueron a buscarla y ya no había rastro de ella. Estuvimos como locos buscando, pero no había nada, ni nadie.

—Por favor, detente... Ya me contaron todo y miré todas las cámaras, pero no hay nada ni nadie sabe nada. Y por cada minuto que estamos aquí, ella está un minuto lejos de casa. Yo sabía que tenía que irse con su madre, pero cedí ante su berrinche.

Había creído hasta ese momento que su esposa había fallecido por la enfermedad. La verdad es que rara vez hablaba de su vida personal.

—Alexander, ya hemos hablado de esto: Skyler se quedó porque quería vivir antes de que la encerraran con su mamá.

—Es un berrinche que ambos sabemos que siempre hace. Theodore ya iba en camino para allá pero al comentarle lo sucedido, decidió regresar. Tú sabes que la conexión que tienen por ser mellizos es algo peculiar —el gobernador tomó una bocanada de aire y prosiguió—. No te estoy negando los berrinches de ella pero allá en la isla hubiera hecho el doble. Terminemos con esta discusión porque éste es el cuento de nunca acabar. Tú sabes que no puedo dejar a todos aquí y decir que todo es seguro cuando yo me voy de esta ciudad y ser un holograma aparentando que sigo aquí. Así no son las cosas. Sólo lograría ser más odiado por todos.

—Nadie te odia, Alexander. Nadie sabe todo lo que haces por ellos, pero sí saben que estás marcando la diferencia aquí. Así que deja de menospreciar y a seguir adelante. Encontraremos a Skyler, te lo juro por mi vida.

El gobernador se limpió las lágrimas con una servilleta. Félix le pasó la bebida que le había preparado y, de un solo trago, se tomó lo que me pareció un whiskey en las rocas. No me había percatado de que vestía una bata de color guinda, pantuflas negras y el cabello completamente despeinado. Se veía devastado, cosa que entendía totalmente. Félix se dirigió a la puerta para indicarles a todos que podían volver a entrar antes de volver con el gobernador. La ola de gente regresó, unos hacían llamadas y otros papeles. Todo era un caos. Quería aire y allí no lo iba a conseguir. Michael seguía en la misma posición con Riley sentado a su lado, pero ahora había alguien hablando con él que me daba la espalda. Sólo pude ver cómo me apuntaba con un dedo mientras se acercaba hacia mí. Rápidamente reconocí el rostro. Theodore, con los ojos llenos de lágrimas, se acercó rápidamente.

—Sin preguntas y sin comentarios. Sígueme.

—Theodore, sé que estás desesperado, pero estamos haciendo todo lo posible...

Me interrumpió, tapándome la boca.

—Sé dónde está Skyler.

La esperanza se reflejaba en su mirada, así como en sus palabras. Lo seguí a la parte de arriba de la casa, indicando con la mano a Michael que todo estaba en orden.

Capítulo 21

Cuando todo esté bien

Mientras subía las escaleras, el ruido del piso de abajo se dejó de escuchar. El silencio se apoderó de los pasillos conforme perseguía lentamente a Theodore. Su habitación se hallaba subiendo a mano izquierda. Era la quinta puerta. Las demás habitaciones se correspondían con una biblioteca, un baño, lo que parecía ser un almacén y otra que no supe pues su puerta estaba cerrada. No le di mucha importancia a los detalles de lo que iba viendo al caminar. Theodore se detuvo frente a una puerta pintada a mano con una noche estrellada, sacó una llave de su pantalón y, abriéndose, me dio el paso. Entré temeroso pero decidido.

La habitación era completamente blanca. No sabía si sentir paz o incomodidad con tanto brillo. La cama se encontraba en el piso, sin base. También había una mesa con una laptop encima, algunos vasos vacíos alrededor de la cama, una lámpara con libros y muchas pinturas y cuadros sin terminar por toda la habitación.

—Haremos esto sin rodeos ni preguntas, sólo me tienes que escuchar y haremos lo que yo diga.

—Ve al grano, Theodore.

—Skyler y yo tenemos una conexión de hermanos más allá de ser mellizos. Sé cuándo está en peligro, cuándo es feliz..., lo sé todo.

—Sí, eso ya me lo imaginaba, no es algo del otro mundo. Repito, ve al grano.

—Bueno, no me juzgues, pero tenemos algo así como rastreadores. Yo lo llevo en este anillo —me mostró su anillo con forma de mariposa y continuó caminando y hablando —. Skyler tiene una pulsera con una mariposa también. Es como una manifestación de que estamos en contra de todo esto, nos las hicimos a escondidas de nuestros padres. Pensaron que eran regalos mutuos de cumpleaños. Como no les tengo mucha confianza a los amigos de Skyler cuando salen a divertirse, ésta es la única opción que tengo para saber cómo está mi hermana en todo momento.

—Lo entiendo, yo haría lo mismo con mi hermano.

—Él lo hizo contigo cuando te fuiste a tu viaje.

El vello de la nuca se me erizó completamente.

—Por tu palidez inmediata creo que no te lo había comentado —se rió levemente antes de continuar —. Te estuvo rastreando las primeras semanas, pero creo que lo dejó de hacer transcurrido un mes desde que te fuiste. Sólo quería cerciorarse de que estabas bien. Bueno, al menos es lo que me dijo.

Sentí cómo el alma se salía de mi cuerpo. Sabía que se preocupaba por mí y que lo tenía todo planeado, pero nunca imaginé que seguiría mi rastro así... Me incomodó bastante y no quise saber cómo logró saber de mí todo el tiempo que estuve fuera ni de qué más se pudo enterar en mi ausencia.

—Bueno, prosiguiendo mientras tomas aire después de lo que te dije, el dispositivo de rastreo de Skyler se activó hace una hora. Es una señal débil pero podemos aumentar la frecuencia desde las computadoras de la base de operaciones de seguridad. Y es aquí cuando tú entras en el plan. Necesitas distraer a Félix mientras yo averiguo.

—No me digas que eres una especie de hacker o algo relacionado.

—Sí, soy ingeniero en software. Me gradué a los dieciséis años. Soy una especie de genio con habilidades en pintura —señaló los botes de pintura y lienzos esparcidos por toda su habitación.

—Estoy muy impresionado, especialmente porque somos de la misma edad.

—Tengo entendido que estudias medicina, así que creo que me superas en eso. Soy demasiado asqueroso con la sangre y el contacto social en general.

—¿Skyler estudió algo?

—Ciencias Políticas. Está a punto de entrar a un diplomado en Finanzas.

—Pueden gobernar este país con los ojos cerrados.

—Sí, pero ella será la siguiente que esté a cargo del país. Es algo que siempre ha querido evitar, pero nació para esto.

—¿Pero no se te otorga a ti ese poder por ser hombre y ser el mayor?

—Eso es de la época de las cavernas. Mi padre ha luchado siempre por la igualdad. La verdad es que ella se merece mucho más el puesto que yo. No obstante, yo siempre seguiré a su lado dándole apoyo en lo que pueda.

—Me agrada mucho tu mentalidad. A pesar de los hechos por los que estamos pasando, espero que nos hagamos amigos si todo sale bien.

—"Cuando", quisiste decir. Cuando todo salga bien.

Afirmé con la cabeza.

Se dispuso a sacar papeles que tenía en unas cajas dentro de su clóset. Me encaminé hacia la enorme ventana que daba al jardín de la entrada y observé detenidamente que había muchísima gente con armas en las manos y los ojos bien abiertos en diferentes puntos estratégicos. No iban a permitir que desapareciera alguien más de la familia Pierce. Theodore tocó mi hombro y me mostró en su computadora unos planos en 3D de toda la propiedad, incluidos algunos túneles. Empezó a balbucear rápidamente un plan que honestamente no escuché. No podía dejar de pensar qué otras mentiras me habría contado mi hermano. Lo detuve en medio de su explicación.

—Tengo un plan. Todos están fuera de la cabaña, imagino que mi hermano también. Voy a buscarlo y lo distraeré un rato. Hay asuntos que quiero hablar con él. Mientras tanto, tú puedes entrar a su oficina y hacer lo que necesites. Sólo nos tenemos que coordinar.

Sacó un pequeño auricular de una caja que había debajo de la mesa de su laptop y me lo colocó en el oído izquierdo. Me lo cambié al derecho y sonreí.

—Soy medio sordo de ese lado, así que no quiero batallar para escucharte —le expliqué.

—De acuerdo, lo haremos a tu manera. Dame algunos minutos y lo hacemos.

—Me voy yendo, te empezaré a dar tiempo desde ahorita. ¿Tienes acceso directo a la cabaña?

—vi que asintió con la cabeza al mismo tiempo que empezaba a teclear rápidamente en su laptop—. De acuerdo, cuando diga "Fiesta" es que ha llegado el momento para que te pongas en acción.

Salí de la habitación con paso firme a enfrentar todo lo que estaba sucediendo.

En la planta de abajo todo seguía siendo un caos con tanta gente de un lado a otro. Michael y Riley aún estaban ahí. Les hice un movimiento con mi cabeza para que me siguieran. Sin preguntar nada, me siguieron. El camino a la cabaña se me hizo eterno porque cada personal de seguridad hacía preguntas. La alberca estaba completamente vacía y alrededor de la cabaña no había nadie.

Frente a la puerta, le indiqué a Michael que se quedase allí y que Riley me siguiese. Entré sin avisar y, como me esperaba, todo estaba vacío. Empecé a llamar a Félix. Al escuchar su voz, me di cuenta de que se encontraba en su oficina para mi mala suerte. De nuevo abrí sin tocar. Estaba trabajando en su computadora, tecleando rápidamente sin alzar la mirada. Cerré fuerte la puerta detrás de mí, lo que hizo que mi hermano brincase de su silla.

—¡¿Estás mal de la cabeza o qué?! —gritó mientras se acomodaba de nuevo en la silla. Yo me senté frente a su escritorio, expulsando todo el aire que tenía acumulado en mis pulmones—. ¿A qué debo tu presencia en mi oficina? ¿No estabas con Theodore?

—Me perturba que te enteres de todo. Estaba alterado por su hermana y, simplemente, quería desahogarse.

—¿Y no lo podía hacer conmigo? Digo, soy su mejor amigo. No sé por qué recurrió a ti.

—Tal vez porque su padre estaba en una crisis y estabas muy ocupado con él.

—Tienes razón, pero qué bueno que se están llevando bien.

Se volvió a sumergir en su computadora mientras me paseaba por su oficina, pasando mis manos por todos los libros que estaban acomodados en el librero detrás de él. Observé de reojo que estaba escribiendo un correo electrónico, pero no alcancé a distinguir a quién iba dirigido. Sólo pude observar la palabra "Urgente" en mayúsculas en el asunto del mismo. Al percatarse de mí, cerró la pestaña y se volteó a verme.

—Ya me dirás el motivo por el que estás aquí.

—Creo que es algo que no debemos hablar en tu oficina.

—Mi oficina es segura.

—Pero hay oídos en todos lados, hermano.

Levantó una ceja en tono de curiosidad y empezó a caminar hacia el librero. Me recargue en la ventana mirándolo fijamente. Movió un libro y el mueble comenzó a abrirse lentamente. Mi cara de sorprendido provocó las risas de mi hermano.

—¿Esto es lo suficientemente seguro?

—Que comience la fiesta entonces, Félix.

Con Félix delante de mí me retiré el auricular y lo tiré antes de adentrarme. Mientras avanzábamos se escuchó cómo se cerraba la compuerta detrás de nosotros, dejándonos en completa oscuridad. Sólo esperaba darle el suficiente tiempo a Theodore para que consiguiera información.

El pasillo presentaba escaleras que conducían a un sótano. Cuando nos topamos con una puerta, Félix puso su mano en una caja instalada a un lado y ésta se abrió al instante. Parecía más bien un búnker que una oficina. Había sillones, muchos libros en el piso, un refrigerador, comida enlatada y muchas imágenes de paisajes. Frente a la puerta, en medio de la pared, había una enorme foto en la que aparecían nuestros padres, Félix, nuestro hermanito y yo. Debía ser de los últimos veranos que estuvimos los cinco. Todos teníamos enormes sonrisas en nuestros rostros. Sentí escalofríos por la felicidad que me transmitió dicha fotografía. A un lado había otra foto en donde Félix abrazaba por los hombros y besaba en la mejilla a una chica con una enorme sonrisa. No fue necesario que le preguntara quién era porque enseguida supe que era Skyler. Félix no dijo nada. Del refrigerador sacó dos cervezas. Las abrió entregándome una, mientras que a la otra le dio un enorme sorbo al mismo tiempo que se recostaba en uno de los sillones. Me ofreció con la mano un lugar frente a él y tomé asiento mientras le daba un trago a la cerveza.

No sabía por dónde iniciar. Quería preguntarle todo y, al mismo tiempo, no quería saber nada. Pero ya estábamos allí, era todo o nada.

—Por tu silencio, quiero pensar que no sabes qué decirme o, más bien, cómo decirlo, así que comenzaré yo. Sobre la marcha, puedes preguntarme lo que quieras. Probablemente me termines odiando en algún momento de la historia, pero te va a sorprender el porqué de todo esto. Sin embargo, tienes que saber que todo lo que he hecho ha sido por nuestro beneficio. Nunca hice ni haré nada que te ponga en peligro. ¿De acuerdo?

—Escúpelo, Félix, estoy harto de vivir en una mentira.

—Puedo iniciar diciéndote que no eres la cura para esto. Tienes cierta inmunidad, pero no del todo. La cura a todo este desastre soy yo, y esto es sólo el principio. Yo inicié la revolución contra el gobernador.

Sentí cómo mi cuerpo se helaba. Mis nervios se apagaron y mi cuerpo entró en modo automático. Sé que empecé a balbucear. Mis párpados comenzaron a sentirse muy pesados.

—Te dije que te sorprenderías. Dale otro trago a tu cerveza, vas a necesitarlo.

Capítulo 22

A la luz estos revolucionarios

No me sorprendió el hecho de que yo no fuera la cura. Lo que sí me sorprendió fue cómo me manipuló para que yo lo creyera. Pero, entonces, ¿por qué yo tampoco me enfermaba?

—Cada mañana, cuando te preparaba el café, le echaba unas vitaminas que desarrollaron utilizando mi sangre para poder canalizar la enfermedad en ti. Eres resistente pero no inmune. Hay gente trabajando en la cura, de eso no te preocupes, pero cómo la vamos a repartir todavía no se sabe. El gobernador no tiene idea aún, ya que él está trabajando por su parte. Pero voy a empezar desde el inicio.

—Sí, por favor, quiero saberlo todo.

—Tú lo pediste, hermanito. Todo se remonta a cuando vivían aún nuestros padres. Ellos, junto con otros médicos, investigaban sobre las mutaciones que se podían lograr en el grupo de las mariposas. Transcurrido un tiempo, se inclinaron por las monarcas y encontraron lo que buscaban. Éstas tenían genes perfectos que podían curar enfermedades respiratorias. Los estudios se basaron en los diferentes tipos de polen que recolectan en su migración por todo el continente. Mientras investigaban esto, conocieron a un médico de apellido Moore.

Mi piel se erizó mientras un escalofrío recorría cada centímetro de mi cuerpo. Los Moore estuvieron involucrados y yo nunca lo quise creer.

—¿Ellos comenzaron la enfermedad?

Félix afirmó con la cabeza, le dio un largo trago a la cerveza y prosiguió.

—Desde un inicio convencieron a nuestros padres para que los ayudaran. Ellos no esperaban que se saliera de control. Lo tenían todo planeado. Comenzó como un experimento en nuestra pequeña ciudad. Cuando los Moore vieron qué estaba sucediendo, éstos desaparecieron sin dejar rastro. Nuestros padres, para protegernos, nos pusieron una leve dosis del virus a los tres. Ellos utilizaron el ADN de las mariposas para crear dicho virus, por lo que pensaban que nos haríamos inmunes. Alex y tú podríais aguantar la enfermedad pero no vivir con ella mucho tiempo. Cuando nos dimos cuenta de que yo desarrollé inmunidad, ya era demasiado tarde, ellos se habían contagiado, al igual que Alex. Lo único que pudimos hacer fue desarrollar vitaminas basadas en mi inmunidad para proporcionar defensas antes de que enfermaras.

Sus ojos se llenaron de lágrimas. Se terminó de un sorbo su cerveza y empezó a sollozar.

No podía creer que desde un inicio ya se tenía idea de cómo detener esto, pero fue demasiado tarde para nuestros padres y hermano. Empecé a imaginarme a dónde quería llegar con este relato.

—Quiero pensar que estás atando cabos con todo esto —me dijo mientras se limpiaba el rostro con la manga de su camisa.

Afirmó lentamente con mi cabeza.

—Yo sabía que los Moore tenían dos hijos, los cuales estaban alejados del lugar donde inició todo. Sólo fue cuestión de comenzar a idear el plan. Me voy a ahorrar los detalles porque no quiero abrumarte pero el que te toparas con ellos no fue casualidad. Todo sucedió conforme a mi plan, si bien nunca esperé que te fueras a enamorar de la hija.

—Se te salió de las manos el plan, hermano.

—Un poco, pero confiaste en mí desde el principio. Nunca dudé de tus aptitudes, ni del plan. Todo fue por buen camino. Sólo estuve vigilándote las primeras semanas. Mientras tú estabas allá, yo me incorporé como guardaespaldas de los hijos del gobernador. Como ya era amigo de Theodore, me gané la confianza del resto al poco tiempo, incluso me pidieron que fuera el guardaespaldas del gobernador.

Se levantó, se acercó de nuevo al refrigerador y sacó otras dos cervezas, entregándome una. Terminé la anterior y destapé la nueva.

—Pero eres más que un guardaespaldas, hermano.

—Lo sé, soy el jefe de seguridad y el guardaespaldas personal del gobernador. No te diré cómo lo logré, pero siempre he sido muy persistente cuando quiero algo. En resumen: ya sabía de la existencia de los Moore, todo salió según lo planeado y no eres la cura. ¿Algo más que quieras saber?

—Sabes dónde está Skyler, ¿verdad?

—No, ahí sí te voy a fallar, hermano. No obstante, estoy haciendo todo lo que está en mis manos por encontrarla. Yo sé que eres inteligente, así que, si tienes alguna pista, avísame. Ahora, la pregunta del millón: ¿me odias después de escuchar todo esto?

Era una pregunta válida para la cual tenía muchas respuestas posibles, pero no creí que fuesen las correctas en ese momento.

—Todo bien, hermano. Lo hiciste por nosotros y lo entiendo. Ya hay que regresar. Imagino que te deben estar buscando.

Félix afirmó con su cabeza mientras se levantaba del sillón y se volvía a tomar de un solo sorbo lo que quedaba de cerveza. Yo hice lo mismo, pero alcé la botella al cielo en honor a los fallecidos y me la terminé. Sentí el rostro caliente y cómo empezaba a hormiguear el cuerpo, culpando al alcohol que acababa de ingerir. Nunca había bebido cerveza pero me gustó el sabor y cómo me hizo sentir después de tomarla. Eliminé ese pensamiento rápidamente y recordé que Theodore seguramente ya había podido conseguir algo. Abracé a mi hermano, lo cual lo tomó por sorpresa, y caminé de regreso por donde habíamos entrado. Félix no me siguió de inmediato, por lo que pude tomar el auricular rápidamente. Al no escuchar nada después de ponérmelo, tosí fuerte y se escuchó estática.

—¿Qué demonios, Thomas? Desapareciste completamente.

—Lo lamento, Theo. Tuve que quitarme el auricular, no confiaba en mi hermano, pero creo que te di el tiempo suficiente.

—Sí, hasta de sobra. Encontré su ubicación y mucha información sobre ellos. Ven rápido, tenemos mucho de lo que hablar.

—Voy para allá, no tardo.

Antes de avanzar fuera de la oficina de Félix, me acerqué a su computadora. En ésta pude observar algunas imágenes del salvapantallas, la mayoría eran fotos de paisajes donde se observaba la espalda de alguien. De repente, apareció una foto de Félix con una sonrisa enorme mientras recibía un beso de Skyler en su mejilla. Eso no era sólo un romance por un plan, mi hermano estaba enamorado. Escuché pasos que venían del túnel, por lo que salí corriendo de la oficina. Tenía demasiadas cosas que procesar y muchas más que guardarme.

Llegué rápidamente a la casa, donde seguía habiendo gente amontonada por todos lados. Michael y Riley no se veían por ningún lado, así que subí rápidamente las escaleras hacia la habitación de Theo para poder definir qué haríamos a partir de la información que encontró. Toqué dos veces la puerta y ésta se abrió lentamente. Riley se encontraba recostado sobre la cama. En el suelo, con papeles a su alrededor, estaban Theo y Michael balbuceando entre ellos. Me acerqué y me agaché para observar mejor lo que estaban haciendo. Había mapas de las alcantarillas de toda la ciudad, horarios de todos los cuerpos de seguridad, un mapa bastante grande mostrando las afueras de Vancouver donde una enorme equis roja estaba pintada sobre la frontera con Richmond, imágenes de mariposas en muchas paredes y la foto de Andrew en medio de todo. Theo tomó esta última y me la entregó mientras comenzaba a levantarse.

—Te pongo al corriente rápidamente, Thomas. El de la imagen que te acabo de pasar se llama Andrew Moore, el líder de los Plexippus. Al parecer se esconden en Richmond. No sabemos con exactitud dónde, pero se trasladan a donde sea a través de las alcantarillas que conectan las ciudades.

—¿No fueron clausuradas hace algunos años por el riesgo de infección?

—Todos pensamos eso, pero encontraron la manera de moverse por ahí sin ser detectados. De cualquier manera, estoy seguro de que alguien los apoya desde aquí dentro pero no he encontrado rastro de eso, así que descarto esa posibilidad por el momento. El plan es adentrarnos por las alcantarillas desde aquí hasta Richmond, que es donde se desconectó la señal de Skyler. Nos vamos esta noche.

Me esperaba una nueva travesía a la que iría sin el apoyo de mi hermano, lo cual me preocupó bastante pero no iba a echarme atrás. No obstante, en ese momento pensé que iba a necesitar a

Félix. Aunque ahora no confiase del todo en él, había hecho mucho por nosotros... Y tratándose de Skyler, debería estar más involucrado.

—Creo que necesitamos a Félix en esto. Confío en él.

—Imaginé eso. Nos está esperando en su oficina a los tres.

Riley ladró y brincó encima de la cama al escuchar esto.

—Tú también vienes con nosotros, somos un equipo —le aseguré a Riley.

Mientras Theodore guardaba su laptop dentro de una mochila, Michael y yo metimos toda la información recolectada en un maletín. Estábamos listos para enfrentar lo que fuese con tal de recuperar a Skyler y sacar a la luz a los revolucionarios.

Capítulo 23

No hagas que me arrepienta

Intentamos movernos lo más rápido posible acomodando todo lo que podíamos necesitar. No queríamos seguir dando vueltas una vez fuera de la habitación. Le acomodé la pequeña mochila sobre la espalda a Riley, percatandose de que seguían allí las indicaciones de Félix, las cuales coloqué exactamente donde las encontré. También estaba la pequeña pistola que me dio mi hermano antes de que toda esta fiesta iniciara.

Empezamos a salir de la habitación. Ya no se escuchaba el ruido que antes provenía de la planta baja, lo que provocó que estuviese más atento a mis sentidos. Theodore bajó primero y nos indicó con la mano que continuásemos. Antes de llegar a la puerta principal, una voz procedente de la sala de estar nos obligó a detenernos y voltear. Recargado en el marco de la puerta se encontraba Félix, con las manos en los bolsillos y unos lentes oscuros, sonriéndonos, como si ya supiera lo que teníamos en mente.

—¿Se te perdió el sol, hermano?

—Está igual de perdido que ustedes. ¿Traman algo a mis espaldas?

Los tres nos volteamos a ver rápidamente. Sabía que Félix era astuto, pero no a ese nivel.

Comenzó a reír y avanzó lentamente hacia nosotros

—No se preocupen, ya no hay nadie aquí. El gobernador regresó a su habitación.

—Gracias, amigo, pero no es lo que crees.

Félix se acercó lentamente hacia Theo y le susurró algo al oído. Por la expresión que hizo Theo, imaginé que nos había atrapado. Se abrazaron y comenzaron a reírse a carcajadas. Michael y yo nos volteamos a ver. Lo conocía tanto que sabía con seguridad que estaba enarcando una ceja al mismo tiempo que yo.

—Nos pueden contar el chiste, si no es mucha molestia.

—Nada, hermanito, un chiste local. Quiero creer que tenemos cosas que hacer, así que vamos a mi oficina. Ahí podemos hablar más cómodamente.

Félix comenzó a caminar sin esperarnos. Por inercia, fuimos detrás de él. Los guardias y policías que antes se hallaban amontonados dentro de la casa ahora estaban por todo el jardín. Ya no había tanta multitud como antes, pero se seguía viendo mucho movimiento en los alrededores. Todos le otorgaron un saludo formal a Félix al pasar, lo que hizo preguntarme cómo es que en tan poco tiempo hubiese logrado ese poder.

—Nunca me acostumbraré a que todos te vean como un alto rango. Aún recuerdo cuando entraste aquí y siempre ibas con la mirada hacia el suelo.

Félix golpeó con su hombro a Theo mientras se hacía paso y reía a carcajadas.

—El que nos conozcamos desde hace tiempo y seas el hijo de mi jefe no te da derecho a burlarte de mí. Puedo mover mis contactos para hacerte pagar por eso.

—Yo sé, yo sé, señor poderoso, pero tú sabes que siempre bromeo.

Félix volteó a mirarlo y le torció los ojos.

Entramos de nuevo a la cabaña. No había tanta gente como imaginaba. Félix nos abrió la puerta de su oficina y la cerró inmediatamente. Aunque lo estuviesen buscando, se rehusaba a hablar con ellos, al parecer.

—Entonces... Quiero creer que ya tienen información sobre el paradero de Skyler, ¿verdad? —murmuró Félix mientras se sentaba en su silla.

Theodore afirmó con la cabeza y se sentó frente a él.

—¿Cuál es el plan? —preguntó—. Algo me dice que ya tienen uno ustedes dos.

Me recargue en el librero mientras miraba fijamente a mi hermano. Félix exhaló bruscamente y me volteó a ver.

—Yo no tengo ninguno por el momento. No esperaba que consiguiera información tan pronto. Ya moví a algunas personas pero todavía no sabemos nada con certeza —exclamó Félix.

—Eres el jefe de seguridad de todo Vancouver, hermano, no creo que no tengas nada de información y que sepas menos que nosotros.

—Te recuerdo que he estado ocupado con el asunto, pero desde la perspectiva del gobernador. Tampoco soy un experto en redes ni en tecnología como Theodore. Por esa razón lo estaba buscando. Así que, amigo, escúpelo.

Theodore sacó de su estuche su laptop y unos cuantos mapas. Michael se acercó y fue acomodando en el escritorio todo lo que Theo le iba pasando. La investigación que hizo en unas pocas horas parecía que fuese la de varias semanas por la cantidad de información que nos mostró. Félix parecía no estar preparado para todo aquello por la cara de asombro que tenía. Pero el tiempo corría y la vida de Skyler estaba en peligro.

—De acuerdo, la información que logré obtener fue del servidor central de aquí y unas cuantas señales fuera de Vancouver. Con el dispositivo de rastreo de Skyler pude triangular con lo que se encuentra en Richmond. No obstante, tengo curiosidad sobre el acceso porque, en teoría, todas las entradas fueron clausuradas.

Theodore se quedó callado y volteó a ver a mi hermano.

—Alcantarillas, ¿verdad?

Theodore afirmó con la cabeza y mi hermano inmediatamente accedió a su computadora. Me impresionó la rapidez con la que empezó a sacar información con esa simple pista.

—Félix, puedes relajarte. Todo eso con lo que crees que me vas a sorprender ya lo tengo yo.

—¿Sabes la alcantarilla exacta por la que tienen acceso? ¿Conoces el flujo de movimiento de los residuos? ¿Sabes quién de aquí dentro tiene acceso a ella? Y, sobre todo, ¿quién fue el que dio apertura a esa alcantarilla?

Ambos nos quedamos con la boca abierta. Sí que pudo sorprendernos aún más de lo que ya había hecho hasta ahora.

—Pueden cerrar sus bocas, a veces hasta yo me sorprendo de mí mismo. Así que todo en orden, sigamos manos a la obra.

Félix nos sonrió y las carcajadas de Michael inundaron toda la oficina.

—Creo que es la primera vez que te escucho reírte —dijo Theo, haciendo una pausa y quedándose viendo fijamente al casco—. Más bien, creo que nunca he escuchado tu voz. Eres como un fantasma que está al pendiente de todos, pero no haces ni dices absolutamente nada. Y eso, amigos míos, me intriga demasiado.

No me había percatado de eso, y tenía razón. Michael no hablaba con nadie, sólo afirmaba o negaba con la cabeza y hacía lo que le indicase. Se había tomado ese papel demasiado en serio, así que cualquiera se hubiese sorprendido al escucharlo. Félix se levantó y le susurró algo al oído a Michael, quien se quedó parado frente a Theodore.

—Ya es momento entonces, Michael. Preséntate como debe ser.

Michael comenzó a quitarse el casco y sostuvo el aire. No podía creer que mi hermano lo hubiese dejado.

—Un gusto, Theodore, mi nombre es Michael Grayson.

Le ofreció su mano. Theodore se levantó lentamente, le tomó la mano y lo atrajo hacia él, dándole un abrazo tan apretado como para dejar sin aire a cualquiera.

—Ya nos conocíamos, Michael, pero creo que no lo recuerdas. Tengo buena memoria, asistimos a un internado juntos y éramos de los mejores amigos. No obstante, sólo estuvimos dos años juntos antes de que todo este desastre se desatara. Nunca creí que te volvería a ver. Envié a la gente de mi padre a buscarlos a ti y a tu hermana pero nunca pudieron localizarlos. ¿Ella está bien?

Los ojos de Michael se volvieron cristalinos y negó con la cabeza, volviéndose a abrazar fuertemente.

—Yo sé que es un reencuentro inesperado —interrumpió Félix—, pero tenemos que ponernos manos a la obra.

Theodore regresó a su lugar y Michael se volvió a colocar su casco. Félix nos entregó auriculares a los tres y se volvió a sentar frente a su computadora.

—Colóquenselos, por favor, nos vamos a dividir. Iremos en una camioneta equipada hasta una cuadra antes de la alcantarilla que se encuentra abierta. Michael, tú vas con Riley; Thomas, tú conmigo; y Theodore, te quedarás en la camioneta monitoreando nuestros movimientos. Esto es de entrada y salida muchachos, no pediremos refuerzos. Somos nosotros y punto.

Afirmamos al mismo tiempo y nos colocamos el auricular. Félix comenzó a darnos un mapa a cada uno y me dio la mochila de Riley, la cual abrí para corroborar qué es lo que tenía: una pistola del lado derecho con munición extra y un pequeño botiquín del otro lado. Las cartas ya no estaban, pensé que él las había guardado en algún lugar seguro. Tomé aire, acomodé el arma y las municiones y cerré ambos compartimentos. Me agaché y le di un beso en la cabeza a Riley, que empezó a menear su cola con emoción. Me volví a incorporar y les di un último vistazo a todos antes de partir a nuestro destino. Félix hizo una llamada rápida para que estuviese lista la camioneta mientras caminábamos fuera de su oficina. Theodore iba frente a nosotros hablando por su celular. Michael y Riley iban detrás de mí, como siempre.

Se abrió la puerta y, por detrás de la mansión, comenzamos a caminar hacia el garaje. Félix sacó de su chamarra unas llaves y abrió el portón. Había variedad de vehículos, incluidas motocicletas. Al final del garaje había una camioneta gris. Félix y Theodore se sentaron enfrente. Le abrí la parte de atrás a Riley, quien subió rápidamente. Michael se subió del lado derecho y yo detrás de mi hermano. Inhalé y exhalé aire cerrando los ojos. Estaba bastante preocupado. El auto comenzó a moverse. Todo se decidiría ese día.

El tiempo avanzaba. Después de un buen rato en el auto, calculo que unos treinta minutos, nadie dijo nada ni hizo sonido alguno. Lo único que se escuchaba era el jadeo de Riley en mi nuca, algo que me relajaba a pesar de la situación.

De repente, ya estábamos estacionándonos a una cuadra de la alcantarilla. Theodore se acomodó en su lugar y colocó su computadora frente a él y un aparato pequeño en sus piernas. Éste tenía tres focos con luz verde, los cuales parpadearon después de unos cuantos minutos de tecleo.

Antes de decir algo más, se empezó a reír.

—Son los rastreadores en tiempo real de ustedes tres, así podré monitorearlos desde aquí. Ahí dentro hay mala recepción entre ustedes, pero yo sabré sus movimientos, así que tranquilos.

Me quedé boquiabierto y, sin decir nada, bajé del vehículo. Le abrí la puerta trasera a Riley, incorporándose a nosotros Félix y Michael. Este último me dio un fuerte abrazo. Pude sentirlo lleno de estrés. Me soltó y me dio unos golpes en el hombro. Félix me dio un golpe en la espalda para que lo voltease a ver.

—La señal de Skyler se pierde aquí dentro, así que si nos separamos abarcaremos más espacio para encontrarla. Estoy muy seguro de que está aquí dentro, así que manténganse alerta por cualquier problema que pueda surgir.

Se escuchó un poco de estática en nuestros auriculares y la voz de Theodore nos tomó por sorpresa.

—La señal se acaba... de activar de nuevo. Sí está ahí dentro..., dense prisa.

Caminábamos dentro del enorme ducto de la alcantarilla, el olor no era muy placentero. Al dar los primeros pasos nos dimos cuenta de que el túnel se dividía en dos ramas, una a la izquierda y otra a la derecha. Félix le indicó con la cabeza a Michael que se dirigiese por la izquierda y nosotros nos adentramos por la derecha. Tomé aire a pesar del hedor y continué por detrás de Félix. El silencio se esfumaba con nuestras pisadas a pesar de intentar no hacer ningún ruido. Tras unos minutos sin escuchar nada más que nuestras respiraciones, escuchamos unas risas que hizo que nos paráramos en seco. El sonido inconfundible de un disparo nos sacó de nuestro shock. Alguien había disparado y estaba seguro de que no habían sido los que se encontraban a unos metros de nosotros. La estática en mi oído se volvió a escuchar.

—Hay problemas..., Michael está en problemas. Al parecer... lo tienen rodeado. Por favor..., vayan a ayudarlo... Dense prisa.

Antes de regresar por donde habíamos venido, nos sorprendió el sollozo de una mujer. Félix sonrió porque reconoció que ese sollozo pertenecía a Skyler.

—Félix, Michael está en problemas.

—Thomas, es Skyler la que está a unos metros de nosotros, no me hagas dejarla sola más tiempo.

Era mi oportunidad para tomar una decisión importante de nuevo y tomara la que tomara no me quería arrepentir.

Di un paso hacia el lugar donde provenía la risa y volteé a ver a Félix de reojo, el cual sonrió.

—No hagas que me arrepienta de esto. Esperemos que sí sea Skyler.

Capítulo 24

Alguien tenía que morir

Comenzamos a avanzar rápidamente hacia el lugar donde provenía el sollozo femenino. La estática en mi oído regresó pero no se escuchaba ninguna voz. Al parecer, la señal no llegaba del todo. Félix se detuvo en seco. Me intenté asomar por encima de su hombro pero me obstaculizó con su cuerpo. Era un cuarto muy iluminado. Alcancé a ver a dos personas frente a alguien sentado en una silla.

Mi hermano me indicó con el dedo que guardase silencio. Yo afirmé con la cabeza y comenzamos a avanzar. Eran dos hombres altos. No llevaban camisa y en sus espaldas resaltaba un tatuaje de una mariposa monarca. Habíamos encontrado su escondite. En un abrir y cerrar de ojos, Félix tomó a uno por el cuello. Al otro, antes de que pudiera reaccionar, le dio un golpe con la pistola en la nuca e inmediatamente cayó al suelo. Intenté meterme entre los forcejeos de mi hermano y el desconocido para ayudar a Félix, pero éste con un seco grito me dijo que no. Di un paso hacia atrás y dejé que él se encargará.

Sentí una patada en la pantorrilla y volteé para percatarme de que había olvidado que teníamos otra misión. Skyler estaba envuelta con cinta adhesiva gris y su boca estaba tapada con un tape que llevaba un dibujo de una mariposa monarca. Tenía unas ojeras muy marcadas y sus ojos estaban llenos de lágrimas, pero todavía se veía esperanza en ellos. Mientras seguía el forcejeo detrás de mí, le retiré la cinta del cuerpo y, con mucho cuidado, el tape de la boca.

Inmediatamente se levantó de golpe y me abrazó, llenándome de besos todo el rostro, lo que provocó que me pusiera rojo como un tomate.

Volteé y vi que el desconocido ya estaba en el suelo con algunos golpes en el rostro. Félix se limpió con la manga la sangre que le brotaba de la boca y tomó una bocanada larga de aire.

—¿No hay un poco de besos para mí? —dijo entre risas mientras Skyler se abalanzaba hacia él dándole un largo beso.

—Sabía que vendrías a por mí —rápidamente le dio un golpe en el hombro—. Pero ¿por qué tardaste tanto? Estos dos idiotas no paraban de repetir que me tatuarían a la mariposa en la espalda. Y los golpes... Fue horrible.

Se sumergió en un sollozo y mi hermano la rodeó con sus brazos mientras besaba su frente.

—Me encargaré de borrar todo este mal rato que pasaste.

—No quiero arruinar su reencuentro pero Michael nos necesita, hermano.

Félix inmediatamente le quitó el arma a uno de los hombres del suelo, se la dio a Skyler y soltó el aire acumulado.

—La puedes utilizar sólo si es una emergencia, ya sabes cómo.

Skyler afirmó con la cabeza.

Regresamos por donde habíamos llegado con el paso más acelerado. La estática en nuestro oído regresó, pero esta vez la voz de Theodore se podía escuchar.

—Espero que me den un buen pretexto del por qué demonios ninguno de los dos contestaba.

Les dije que Michael estaba en peligro y no les importó.

— Es Theodore regañandolos, ¿verdad? Sus caras lo dicen todo —nos detuvo a ambos y se acercó al auricular de Félix. —Bájale dos rayitas a tu intensidad, hermano, que asustas a este par con tus gritos.

La estática regresó a mi oído.

—¿Es Skyler? —El nudo en la garganta de Theodore era demasiado notorio.

—Así es, ya puedes dejar de regañarnos, ahorita te explicamos todo —le dijo Félix sin más.

Continuamos avanzando sin volver a decir nada. Félix y Skyler iban tomados de la mano. Podía notar cómo mi hermano la apretaba de más e imaginé que no quería volverla a soltar. Entramos al túnel de la izquierda y aceleramos el paso. Se comenzaron a escuchar voces cada vez más cercanas a nosotros. Félix detuvo en seco a Skyler y le pidió que se quedase allí. Le dio un casto beso en los labios y me indicó que lo siguiese.

Estábamos en una especie de almacén con enormes contenedores de colores negros y naranjas. Me perturbó demasiado tanta conexión con las mariposas allí abajo. Me dio curiosidad saber qué había dentro, pero teníamos otras prioridades. Se escucharon disparos y ladridos, suponiendo que eran de Riley estos últimos. La piel se me erizó. Estaba muy asustado por la situación.

Tras varios disparos, se escuchó un grito desgarrador. Intenté correr hacia la misma dirección del grito, pero Félix me empujó hacia atrás. Sacó su arma de detrás del pantalón y me indicó que lo siguiese.

—Como en los viejos tiempos cuando jugábamos paintball —me susurró—. Tú me proteges por detrás.

Afirmé con la cabeza y saqué mi arma.

Comenzamos a avanzar lentamente pero el grito seguía retumbando en mis oídos. Caminé hacia los contenedores del lado derecho y Félix a los de la izquierda. Estábamos muy coordinados. Avanzamos y mi respiración cesó al observar en el piso a Michael con Riley encima de él. Los ladridos retumbaban en mis oídos. Al querer correr hacia ellos, un disparo a mis pies me hizo retroceder. No obstante, los gritos de Michael me cegaron y volví a dar un paso fuera de la protección del contenedor.

—¡Thomas, cúbrete!

La voz entrecortada de Félix me regresó a la realidad.

—Michael y Riley están en medio del tiroteo, tenemos que hacer algo para ayudarlos.

Me detuve con el enorme contenedor a mi espalda. Inhalé y exhalé aire rápidamente.

—¡Deténganse, no disparen! ¡Podemos dialogar! —grité con todas mis fuerzas.

En medio del caos se escuchaban los gritos de Michael. Los ladridos de Riley cesaron y mi corazón se detuvo un segundo.

—Salgan con las manos donde podamos verlas.

Con el arma aún en mi mano derecha, alcé ambos brazos y comencé a avanzar hacia ellos. Félix hizo lo mismo. Sin decir nada, se acercó lentamente a Michael. Éste estaba en el suelo con ambas manos haciendo presión sobre su estómago. La sangre escurría por su boca. Riley se encontraba cerca de sus piernas, ladrando sin parar.

—¡Haz que ese perro guarde silencio o le disparo! ¡Y no hagas ningún movimiento extraño! Me tomé muy literal lo que me acababa de ordenar. Le grité a Riley e inmediatamente corrió hacia mí. Uno de ellos nos apuntaba con el arma mientras el otro se acercaba a nosotros. Me quitó el arma y me puso de rodillas. Riley se quedó sentado frente a mí. Le indiqué que se acostara e inmediatamente lo hizo. Félix comenzó a respirar lentamente. El que me quitó el arma se acercó a mi hermano. En un abrir y cerrar de ojos Félix lo tenía en el suelo, apuntándole con mi arma en la cabeza.

—¡¿Qué crees que haces, idiota?!

Se sentía la tensión. El que estaba apuntándome comenzó a reír a carcajadas.

—Eres demasiado idiota. ¿Cómo es que pasó por tu cabeza que tú podrías solo contra mí...?

En cuanto salió esta última palabra de su boca, un disparo lo hizo caer hacia atrás y desplomarse.

—Pensé que no se callaría nunca —dijo Michael entre risas con el poco aire que le quedaba antes de dejar caer su brazo con el arma que acababa de disparar.

Corrí hacia él y comenzó a hacer más presión sobre su estómago. Le indiqué a Riley que se acercara y busqué gasas dentro del botiquín.

—Guarda energías, amigo, te sacaremos de esto. Félix, ayúdame, por favor.

—Sin testigos, ¿verdad?

No entendí lo que murmuraba Félix. Cuando quise preguntarle a qué se refería, le disparó en la cabeza al que tenía sometido. Me quedé sorprendido pero no dije absolutamente nada.

Skyler corrió hacia nosotros. Félix la abrazó y le indicó que buscase en los cuerpos algo que nos pudiera servir. Los nervios de acero de Skyler me sorprendieron tanto que presioné de más la herida de Michael y éste se quejó.

—Lo lamento, no me di cuenta, te sacaremos de aquí, lo prometo.

—Nunca aprenderás, Tom. No hagas promesas que no cumplirás —sus ojos se llenaron de lágrimas y su respiración comenzó a tornarse muy lenta.

—Debe haber morfina aquí en el botiquín. Dame un segundo.

Intenté quitar mis manos de su estómago, pero él las apretó más. Podía escuchar a Skyler llorar, pero no quise voltear. Me rehusé a perderlo de vista en esa situación.

—Alguien tenía que morir. Me voy con alegría porque serás lo último que vea en esta vida.

Sus ojos se cerraban lentamente y su respiración cedía. Yo estaba hecho un desastre.

—¡Michael, por favor, abre los ojos! ¡Sí hay morfina en el botiquín, te lo puedo jurar!

Solté sus manos y busqué rápidamente en el botiquín. Grité de alivio al encontrar la morfina, pero cuando volví a mirar a Michael, sus ojos ya estaban cerrados y una sonrisa se había dibujado en su rostro.

—Hermanito, no hay nada más que podamos hacer. Tenemos que irnos.

—No puedo perder a alguien más. No me hagas esto, hermano, por favor.

—No hay nada que puedas hacer para traerlo de regreso. Además, acabamos de asesinar a varios de ellos. Tenemos que irnos, es peligroso quedarnos.

Intenté levantarme, pero me rehusé a irme así y dejar atrás a Michael.

—Por las malas, entonces.

Sentí en cámara lenta cómo con la pistola me dio un golpe en la nuca y me noqueó inmediatamente. Sólo supe que quería olvidarme de todo.

Capítulo 25

Ante ti, amor, yo creo que es lo correcto

La luz hizo que volviese a la realidad. Como siempre que me despertaba, tenía a Riley sobre mí llenándome de saliva. Le acaricié la cabeza lentamente, lo que hizo que me percatara de que me dolía todo al moverme. Los brazos los sentía pesados. Me toqué el rostro y tenía sangre seca en mi nariz y boca. También tenía una enorme herida en mi ceja derecha. Podía jurar que todo aquello no lo tenía antes de perder el conocimiento. No estaba en mi habitación. Por los colores y cómo estaba acomodado todo, supuse que era la habitación de Theodore.

El dueño de la habitación entró con audífonos puestos, un botiquín en una mano y unos trapos en la otra. No se percató de que se había despertado. Riley brincó y salió de la habitación mientras movía la cola de un lado a otro. Theodore se arrodilló a los pies de la cama, se retiró los audífonos y remojó uno de los trapos en un líquido que había sacado del botiquín. Cerré los ojos e intenté quedarme quieto, fingiendo que seguía inconsciente. Sentí cómo se acercaba a mi rostro y, antes de reírme, le dije en un susurro.

—Esperaba despertar con una enfermera pero no está mal tu servicio.

Theodore dio un brinco y dejó caer el trapo sobre mi cara. El agua cayó al suelo y él comenzó a carcajearse mientras yo me intentaba sentar en la cama.

—Podrías matarme de un susto, ¿lo sabías? —dijo riendo.

—Imposible matarte por una pequeña broma, deja de ser exagerado. Dame el trapo, yo me puedo limpiar. Sólo te pido hielo, la parte de atrás de la cabeza me duele mucho.

—Lo que ordene su majestad.

Hizo una leve reverencia y salió de la habitación. No tardó en traer el hielo que le pedí.

—Dime, por favor, que se trajeron el cuerpo de Michael.

Negó con la cabeza. Mis ojos se pusieron llorosos. Para ser tan joven ya había llorado demasiado en mi corta vida. Estar perdiendo a gente tan cercana me estaba matando.

—Era demasiado peligroso, Thomas. Tienes que entender a tu hermano, fue por nuestro bien. Él sabe porqué hace las cosas. Y hablando de cosas, vengo a despedirme.

—No te puedes ir después de esto. Por fin localizamos a tu hermana, ya sabemos cómo han entrado los locos éstos. Podemos hacer mucho.

—Lo sé, pero tu hermano me envió a una misión un poco lejos de aquí. Mi papá sigue sin aprobar, pero es un avance para encontrar la cura a esta enfermedad.

—En ese caso, me alegro que seas tú el que esté encontrando el fin a este caos. Theodore, yo sé que tú y Michael no habían convivido mucho pero sé que se conocieron hace algunos años. En serio, no sé qué decirte.

—No pasa nada, la vida es así. He aprendido a no crear vínculos tan fuertes con los que llegan a mi vida, aunque suene demasiado seco de mi parte. Pero bueno, es todo por mi parte, ha sido un gusto. Espero que nos veamos pronto. Cuida a tu hermano y a Skyler. Seguiremos en contacto.

Se fue de la habitación sin volver a mirar atrás.

Con toda la fuerza que aún me quedaba después de semejante día, me acerqué a la ventana y observé a Theodore subiéndose al auto junto a varios guardaespaldas. Al irse su auto, inmediatamente comenzaron a salir otros más de la propiedad de los Pierce. Algo no estaba bien. Como pude, me coloqué los zapatos y salí, intentando hacer el mínimo ruido posible. Escuché murmullos que provenían de la habitación donde conocí por primera vez al gobernador y, sin dudarlo, entré. Estaba de pie Félix junto al gobernador y, frente a ellos, estaba Skyler sentada en un sillón tomando un vaso de lo que parecía ser agua.

—No te esperábamos despierto tan pronto, hermano.

—¿A qué estamos jugando, Félix? —dijo el gobernador, ignorándome—. Ya no hay nadie aquí. Hice lo que pediste, pusiste a mi propia hija de tu lado, ¿qué más quieres?

—¿De qué me perdí? —pregunté—. Ya basta de juegos, en serio. Esto no es gracioso.

—Thomas, siéntate. Parece que te vas a volver a desmayar.

Félix intentó acercarse a mí, pero di un paso hacia atrás al sentir su contacto.

—Te dije que él no entendería todo esto —dijo Skyler.

—No opines sobre él, no es el momento. A lo que íbamos, gobernador. Gracias por ser tan comprensivo. Ya sabemos quiénes están en contra de usted, por lo cual debería estar muy agradecido. Acabo de enviar a Theodore a México para encontrar a las últimas poblaciones de mariposa monarca para dar por fin con la cura, la cual usted ya conocía pero no ha hecho nada, ¿verdad?

El rostro del gobernador se puso pálido. Mi hermano le estaba diciendo la verdad sobre la cura. Yo no podía creerlo.

—Padre, o más bien, gobernador Pierce, usted y yo sabemos la realidad de nuestra relación. Te amo al punto de dar mi vida por ti, pero lo que has hecho es inhumano.

—Tranquila, Skyler, él sabe lo que hizo, pero no estamos aquí para echarle en cara todos sus errores. Él los sabe y estoy seguro que está repasando todo mientras nos escucha. Sí me estás escuchando, ¿verdad?

Antes de que el gobernador emitiese alguna palabra, Félix le dio un puñetazo, el cual provocó que el gobernador cayera sobre sus rodillas, pero se levantó rápidamente.

Me sentía abrumado. Skyler intentó agarrarme del brazo pero caí. Mis piernas no respondían y el aire me estaba haciendo falta de nuevo.

—Yo esperaba muchísimo más de ti, hermano.

Félix seguía sin hacer contacto visual conmigo y volteó a ver a Skyler mientras ella caminaba a su lado. Skyler sacó un arma de la parte trasera de su pantalón y sonrió mientras apuntaba al gobernador.

—Ante ti, amor, yo creo que es lo correcto —dijo Félix mientras Skyler disparaba el arma y el cuerpo del gobernador caía ante nosotros.

Félix besó la frente de Skyler y se sentó frente a mí.

Me dolía el cuerpo y me pesaba demasiado para ponerme de pie. No podía procesar todo lo que estaba sucediendo. No sabía cómo sentirme al respecto con lo sucedido.

—Todo está bajo control, no hay nada de qué preocuparse.

—Acaban de asesinar al gobernador, Félix. ¿Cómo va a estar bajo control esto?

—Todo sigue conforme a mi plan.

—Estoy harto de que a todo digas que es tu plan. Supera ya la muerte de nuestros padres y hermano, Félix. Murieron y no hay nada en este mundo que puedas hacer para traerlos de regreso. Con la venganza no lograrás nada.

—Logré mover a un país con sólo estar por detrás de todos, logré que crecieras mentalmente y logré poner a todos los que me rodean en contra de un gobierno opresor. ¿Crees que no vale la pena la venganza?

—Nuestra familia no estaría orgullosa de verte así.

—La única familia que me interesa en estos momentos eres tú. Si no sientes orgullo por mí en estos momentos es porque estás molesto y confundido. En unos días se te pasará, ya verás.

Andrew entró rápidamente con un arma en su mano derecha, cerró las puertas detrás de él y soltó el aire. No podía creer lo que estaba viendo. De verdad estaba vivo y se encontraba allí dentro como si nada. Quería decir algo pero las palabras no me salían, de nuevo. Estaba en shock.

—Te tomó más tiempo de lo que pensábamos. ¿Está todo listo?

—Afirmativo, Félix. Llegó la hora.

—Skyler, puedes irte, te veo en unos minutos. Thomas, levántate, la última parte del plan va a dar comienzo.

Skyler le dio su arma, le besó en los labios y salió de la habitación. Sentía cómo mis ojos se llenaban de lágrimas, pero me rehusé a llorar frente a él.

Andrew me ofreció la mano, se la tomé y me dio un abrazo fuerte. Se me acercó al oído y susurró:

—Todo vale la pena. Elena estaría muy orgullosa de ti.

Me apretó el hombro y me colocó en un sillón. Las palabras ya no me salían por lo que sólo afirmé lentamente con la cabeza.

—Ya sabes qué hacer, Andrew —Félix le dio un fuerte abrazo y le ofreció un trago que ya estaba preparado, el cual se tomó de un solo sorbo y sonrió.

—Por un nuevo comienzo —le dio un disparo al gobernador en el mismo lugar donde le disparó Skyler.

—Por Plexippus —Félix disparó el arma por detrás de la cabeza de Andrew.

El cuarto se sumergió en un color rojo carmesí. Todo comenzó a darme vueltas, cerré los ojos para opacar todo lo que estaba ocurriendo. Quería desconectarme por completo. Abrí los ojos. Supuse que me había desmayado. Volteé lentamente a los lados, reconociendo mi habitación. Sentía cómo regresaba el aire a mi cuerpo, sintiéndome más seguro. Riley se encontraba recostado sobre mis pies como siempre. La cabeza me dolía pero el dolor de hombro había desaparecido. Me toqué la cabeza y una venda rodeaba todo el lado izquierdo. Intenté levantarme sin despertar a Riley y me dirigí al baño. Mi cara estaba llena de hematomas, unos más notables que otros. Los brazos los sentía pesados y el cuerpo adolorido. Regresé a la habitación. El silencio era incómodo pero el olor a comida se apoderó de mi olfato. Me coloqué unas pantuflas y me encaminé hacia la cocina. Riley corrió frente a mí, pero no hice el esfuerzo por alcanzarlo.

Todo parecía normal, no había nada fuera de su lugar. Cuando entré a la cocina, Félix estaba sirviendo hotcakes.

—Qué bueno que despertaste, hermanito, ya me estaba preocupando.

—Sólo fueron unas horas, Félix —me acomodé en la mesa mientras me preparaba una taza de café.

—Thomas, ha pasado una semana.

Le dio un sorbo largo a su café y se sentó a mi lado. El timbre se escuchó y me levanté rápidamente a abrir con la esperanza de ver un rostro familiar y que todo lo que comenzaba a recordar fuese sólo una pesadilla.

En la puerta se encontraban dos personas de seguridad, quienes se abrieron paso. Pude ver a Skyler sonreír desde el vehículo. Le devolví la sonrisa desde lejos. Cuando iba a gritarle a mi hermano, escuché que los agentes le dijeron algo que me dejó helado.

—Gobernador Prescott, es hora de irnos.

FIN
LIBRO UNO

Made in the USA
Monee, IL
23 September 2024